자로 한국어 단어를 외운다.

用漢字
背韓語單字

韓文字是由基本母音、基本子音、複合母音、氣音和硬音所構成。

其組合方式有以下幾種：

1.子音加母音，例如：저(我)
2.子音加母音加子音，例如：밤（夜晚）
3.子音加複合母音，例如：위（上）
4.子音加複合母音加子音，例如：관（官）
5.一個子音加母音加兩個子音，如：값（價錢）

簡易拼音使用方式：

1. 為了讓讀者更容易學習發音，本書特別使用「簡易拼音」來取代一般的羅馬拼音。
   規則如下，
   例如：
   그러면 우리 집에서 저녁을 먹자.
   geu.reo.myeon/u.ri/ji.be.seo/jeo.nyeo.geul/meok.jja
   ----------普遍拼音
   geu.ro*.myo*n/u.ri/ji.be.so*/jo*.nyo*.geul/mo*k.jja
   ------------簡易拼音
   那麼，我們在家裡吃晚餐吧！

   文字之間的空格以「/」做區隔。
   不同的句子之間以「//」做區隔。

基本母音：

	韓國拼音	簡易拼音	注音符號
ㅏ	a	a	ㄚ
ㅑ	ya	ya	ㄧㄚ
ㅓ	eo	o*	ㄛ
ㅕ	yeo	yo*	ㄧㄛ
ㅗ	o	o	ㄡ
ㅛ	yo	yo	ㄧㄡ
ㅜ	u	u	ㄨ
ㅠ	yu	yu	ㄧㄨ
ㅡ	eu	eu	(ㄜ)
ㅣ	i	i	ㄧ

特別提示：

1. 韓語母音「ㅡ」的發音和「ㄜ」發音有差異，但嘴型要拉開，牙齒快要咬住的狀態，才發得準。

2. 韓語母音「ㅓ」的嘴型比「ㅗ」還要大，整個嘴巴要張開成「大O」的形狀，
「ㅗ」的嘴型則較小，整個嘴巴縮小到只有「小o」的嘴型，類似注音「ㄡ」。

3. 韓語母音「ㅕ」的嘴型比「ㅛ」還要大，整個嘴巴要張開成「大O」的形狀，
類似注音「ㄧㄛ」，「ㅛ」的嘴型則較小，整個嘴巴縮小到只有「小o」的嘴型，類似注音「ㄧㄡ」。

基本子音：

	韓國拼音	簡易拼音	注音符號
ㄱ	g,k	k	ㄎ
ㄴ	n	n	ㄋ
ㄷ	d,t	d,t	ㄊ
ㄹ	r,l	l	ㄌ
ㅁ	m	m	ㄇ
ㅂ	b,p	p	ㄆ
ㅅ	s	s	ㄙ,(ㄒ)
ㅇ	ng	ng	不發音
ㅈ	j	j	ㄗ
ㅊ	ch	ch	ㄘ

特別提示：

1. 韓語子音「ㅅ」有時讀作「ㄙ」的音，有時則讀作「ㄒ」的音。「ㄒ」音是跟母音「ㅣ」搭在一塊時，才會出現。
2. 韓語子音「ㅇ」放在前面或上面不發音；放在下面則讀作「ng」的音，像是用鼻音發「嗯」的音。
3. 韓語子音「ㅈ」的發音和注音「ㄗ」類似，但是發音的時候更輕，氣更弱一些。

氣音：

▶ Track 004

	韓國拼音	簡易拼音	注音符號
ㅋ	k	k	ㄎ
ㅌ	t	t	ㄊ
ㅍ	p	p	ㄆ
ㅎ	h	h	ㄏ

特別提示:

1. 韓語子音「ㅋ」比「ㄱ」的較重，有用到喉頭的音，音調類似國語的四聲。
   ㅋ=ㄱ+ㅎ

2. 韓語子音「ㅌ」比「ㄷ」的較重，有用到喉頭的音，音調類似國語的四聲。
   ㅌ=ㄷ+ㅎ

3. 韓語子音「ㅍ」比「ㅂ」的較重，有用到喉頭的音，音調類似國語的四聲。
   ㅍ=ㅂ+ㅎ

複合母音：

▶ Track 005

	韓國拼音	簡易拼音	注音符號
ㅐ	ae	e*	ㄝ
ㅒ	yae	ye*	ㄧㄝ
ㅔ	e	e	ㄟ
ㅖ	ye	ye	ㄧㄟ
ㅘ	wa	wa	ㄨㄚ
ㅙ	wae	we*	ㄨㄝ
ㅚ	oe	we	ㄨㄟ
ㅞ	we	we	ㄨㄟ
ㅝ	wo	wo	ㄨㄛ
ㅟ	wi	wi	ㄨㄧ
ㅢ	ui	ui	ㄛㄧ

特別提示：

1. 韓語母音「ㅐ」比「ㅔ」的嘴型大，舌頭的位置比較下面，發音類似「ae」；「ㅔ」的嘴型較小，舌頭的位置在中間，發音類似「e」。不過一般韓國人讀這兩個發音都很像。

2. 韓語母音「ㅒ」比「ㅖ」的嘴型大，舌頭的位置比較下面，發音類似「yae」；「ㅖ」的嘴型較小，舌頭的位置在中間，發音類似「ye」。不過很多韓國人讀這兩個發音都很像。

3. 韓語母音「ㅚ」和「ㅞ」比「ㅙ」的嘴型小些，「ㅙ」的嘴型是圓的；「ㅚ」、「ㅞ」則是一樣的發音。不過很多韓國人讀這三個發音都很像，都是發類似「we」的音。

硬音：

▶ Track 006

	韓國拼音	簡易拼音	注音符號
ㄲ	kk	g	ㄍ
ㄸ	tt	d	ㄉ
ㅃ	pp	b	ㄅ
ㅆ	ss	ss	ㄥ
ㅉ	jj	jj	ㄗ

特別提示：

1. 韓語子音「ㅆ」比「ㅅ」用喉嚨發重音，音調
   類似國語的四聲。
2. 韓語子音「ㅉ」比「ㅈ」用喉嚨發重音，音調
   類似國語的四聲。

*表示嘴型比較大

目錄

ㄱ

×

開頭
詞彙

가격
價格

簡易拼音	詞性	中譯
ga.gyo*k	名詞	價格

應用詞

가격표 （價格表）
ga.gyo*k.pyo 價目表

應用會話

A：보통 냉장고 가격이 얼마예요？
bo.tong/ne*ng.jang.go/ga.gyo*.gi/
o*l.ma.ye.yo
一般冰箱的價格多少錢？

B：보통 70 만원 이상에 판매가
됩니다 .
bo.tong/chil.sim.ma.nwon/i.sang.e/
pan.me*.ga/dwem.ni.da
一般都賣 70 萬韓圜起跳。

開頭詞彙

12

가공하다
加工 --

簡易拼音	詞性	中譯
ga.gong.ha.da	動詞	加工

應用詞

가공식품 （加工食品）
ga.gong.sik.pum 加工食品
가공산업 （加工產業）
ga.gong.sa.no*p 加工產業
가공비 （加工費）
ga.gong.bi 加工費

應用句

이 제품은 다른 공장에서 가공합니다 .
i/je.pu.meun/da.reun/gong.jang.e.
so*/ga.gong.ham.ni.da
這個產品是在別的工廠加工。

ㄱ 開頭詞彙

가구
家具

簡易拼音	詞性	中譯
ga.gu	名詞	家具

應用詞

고급가구 （高級家具）
go.geup.ga.gu 上等家具
가구산업 （家具產業）
ga.gu.sa.no*p 家具產業

應用句

새로운 가구를 구입하고 싶습니다 .
se*.ro.un/ga.gu.reul/gu.i.pa.go/
sip.sseum.ni.da
我想買新家具。

가구를 새로 바꿨어요 .
ga.gu.reul/sse*.ro/ba.gwo.sso*.yo
把家具換新的了。

14

가수
歌手

簡易拼音	詞性	中譯
ga.su	名詞	歌手

應用詞

인기가수 （人氣歌手）
in.gi.ga.su 受歡迎的歌手
민요가수 （民謠歌手）
mi.nyo.ga.su 民歌歌手

應用句

가수가 되고 싶어요 .
ga.su.ga/dwe.go/si.po*.yo
我想當歌手。

저는 가수가 아니고 배우입니다 .
jo*.neun/ga.su.ga/a.ni.go/be*.u.im.
ni.da
我不是歌手而是演員。

「 開頭詞彙

가정
家庭

簡易拼音	詞性	中譯
ga.jo*ng	名詞	家庭

應用詞

가정주부 （家庭主婦）
ga.jo*ng.ju.bu 家庭主婦
가정생활 （家庭生活）
ga.jo*ng.se*ng.hwal 家庭生活

應用句

우리 어머니는 가정주부입니다 .
u.ri/o*.mo*.ni.neun/ga.jo*ng.ju.bu.
im.ni.da
我媽媽是家庭主婦。

행복한 가정을 이루기 위해 노력해야
합니다 .
he*ng.bo.kan/ga.jo*ng.eul/i.ru.gi/
wi.he*/no.ryo*.ke*.ya/ham.ni.da
為了建立幸福的家庭，必須努力才行。

ㄱ 開頭詞彙

가족
家族

簡易拼音	詞性	中譯
ga.jok	名詞	家族、家人

應用詞

가족사진 （家族寫真）
ga.jok.ssa.jin 全家福
가족관계 （家族關係）
ga.jok.gwan.gye 家庭關係

應用會話

A：가족이 어떻게 되세요？
ga.jo.gi/o*.do*.ke/dwe.se.yo
你的家人有誰？

B：부모님, 여동생 한 명, 그리고 저
모두 네 명이에요.
bu.mo.nim//yo*.dong.se*ng/han/
myo*ng//geu.ri.go/jo*/mo.du/ne/
myo*ng.i.e.yo
父母、一個妹妹，還有我總共四個人。

간식
間食

簡易拼音	詞性	中譯
gan.sik	名詞	零食、點心

應用句

간식을 먹읍시다 .
gan.si.geul/mo*.geup.ssi.da
我們吃點心吧。

應用會話

A : 배 안 고파 ? 우리 뭐 좀 먹으로
가자 .
be*/an/go.pa//u.ri/mwo/jom/mo*.
geu.ro/ga.ja
肚子不餓嗎？我們去吃點東西吧。

B : 방금 간식 먹어서 배 안 고파 .
bang.geum/gan.sik/mo*.go*.so*/be*
/an/go.pa
我剛才有吃點心，不會餓。

ㄱ
開頭詞彙

감기
感氣

簡易拼音	詞性	中譯
gam.gi	名詞	感冒

應用詞

감기약 （感氣藥）
gam.gi.yak 感冒藥
감기환자 （感氣患者）
gam.gi.hwan.ja 感冒病患

應用句

감기약 좀 주세요 .
gam.gi.yak/jom/ju.se.yo
請給我感冒藥。

나 감기에 걸렸어요 .
na/gam.gi.e/go*l.lyo*.sso*.yo
我感冒了。

開頭詞彙

19

감사하다
感謝 --

簡易拼音	詞性	中譯
gam.sa.ha.da	動詞	謝謝

應用詞

감사문 （感謝文）
gam.sa.mun 感謝文章
감사패 （感謝牌）
gam.sa.pe* 感謝牌

應用句

정말 감사합니다 .
jo*ng.mal/gam.sa.ham.ni.da
真的感謝你。

도와 줘서 감사해요 .
do.wa/jwo.so*/gam.sa.he*.yo
謝謝你幫我。

진심으로 감사합니다 .
jin.si.meu.ro/gam.sa.ham.ni.da
真心感謝您。

ㄱ
開頭詞彙

강
江

簡易拼音	詞性	中譯
gang	名詞	江、河

應用詞

강변 (江邊)
gang.byo*n 江邊
강남 (江南)
gang.nam 江南

應用句

강물이 얼었어요 .
gang.mu.ri/o*.ro*.sso*.yo
河水結冰了。

이 강을 건너 가세요 .
i/gang.eul/go*n.no*/ga.se.yo
請渡過這條江。

ㄱ 開頭詞彙

개월
個月

簡易拼音	詞性	中譯
ge*.wol	量詞	個月

應用句

6 개월 후에 다시 오겠습니다 .
yuk.ge*.wol/hu.e/da.si/o.get.sseum.
ni.da
六個月後我會再來。

應用會話

A : 서울에 이사 온지 얼마나 됐어요 ?
so*.u.re/i.sa/on.ji/o*l.ma.na/dwe*.
sso*.yo
你搬來首爾有多久了？

B : 삼개월쯤 됐어요 .
sam.ge*.wol.jjeum/dwe*.sso*.yo
有三個月了。

ㄱ 開頭詞彙

거실
居室

簡易拼音	詞性	中譯
go*.sil	名詞	客廳

應用詞

거실장식 （居室裝飾）
go*.sil.jang.sik 客廳裝飾

應用句

거실이 넓어요 .
go*.si.ri/no*p.o*.yo
客廳很寬敞。

거실에서 TV 를 봐요 .
go*.si.re.so*/tv.reul/bwa.yo
在客廳看電視。

開頭詞彙

건강하다
健康 --

簡易拼音	詞性	中譯
go*n.gang.ha.da	形容詞	健康

應用詞

건강관리 （健康管理）
go*n.gang.gwal.li 保養身體

건강검진 （健康檢診）
go*n.gang.go*m.jin 健康檢查

건강상태 （健康狀態）
go*n.gang.sang.te* 健康狀況

應用句

할아버지가 매우 건강하십니다 .
ha.ra.bo*.ji.ga/me*.u/go*n.gang.ha.sim.ni.da
爺爺非常健康。

건물
建物

簡易拼音	詞性	中譯
go*n.mul	名詞	建築物、大樓

應用詞

대형건물 （大型建物）
de*.hyo*ng.go*n.mul 大型建築物

應用句

그것은 오층 건물입니다 .
geu.go*.seun/o.cheung/go*n.mu.
rim.ni.da
那是五層建築。

이 건물 뒤에 주차장이 있습니다 .
i/go*n.mul/dwi.e/ju.cha.jang.i/it.
sseum.ni.da
這棟建築物後面有停車場。

ㄱ
開頭詞彙

결혼하다
結婚 --

簡易拼音	詞性	中譯
gyo*l.hon.ha.da	動詞	結婚

應用詞

결혼식 （結婚式）
gyo*l.hon.sik 結婚典禮
국제결혼 （國際結婚）
guk.jje.gyo*l.hon 國際結婚
결혼사진 （結婚寫真）
gyo*l.hon.sa.jin 結婚照

應用句

나랑 결혼해 줄래요 ?
na.rang/gyo*l.hon.he*/jul.le*.yo
你願意跟我結婚嗎 ?

우리 결혼 할까요 ?
u.ri/gyo*l.hon/hal.ga.yo
我們結婚好嗎 ?

開頭詞彙

경기
競技

簡易拼音	詞性	中譯
gyo*ng.gi	名詞	比賽、競賽

應用詞

경기규칙 （競技規則）
gyo*ng.gi.gyu.chik 比賽規則
경기장 （競技場）
gyo*ng.gi.jang 比賽場

應用句

야구 경기가 있는데 같이 보러
갈까요 ?
ya.gu/gyo*ng.gi.ga/in.neun.de/ga.
chi/bo.ro*/gal.ga.yo
有棒球比賽，要不要一起去看 ?

어제 경기 어땠어요 ?
o*.je/gyo*ng.gi/o*.de*.sso*.yo
昨天的比賽怎麼樣了 ?

ㄱ
開頭詞彙

경찰
警察

簡易拼音	詞性	中譯
gyo*ng.chal	名詞	警察

應用詞

경찰서 （警察署）
gyo*ng.chal.sso* 警察局
경찰관 （警察官）
gyo*ng.chal.gwan 警察
경찰차 （警察車）
gyo*ng.chal.cha 警車

應用句

우리 아버지가 경찰이세요 .
u.ri/a.bo*.ji.ga/gyo*ng.cha.ri.se.yo
我爸爸是警察。

도둑이 경찰에게 잡혔어요 .
do.du.gi/gyo*ng.cha.re.ge/ja.pyo*.
sso*.yo
小偷被警察抓了。

開頭詞彙

28

경치
景致

簡易拼音	詞性	中譯
gyo*ng.chi	名詞	景色、風景

應用詞

자연경치 （自然景致）
ja.yo*n.gyo*ng.chi 自然景色

應用句

경치가 아름답습니다 .
gyo*ng.chi.ga/a.reum.dap.sseum.ni.
da
景色很美。

이런 경치는 흔하지 않아요 .
i.ro*n/gyo*ng.chi.neun/heun.ha.ji/
a.na.yo
這種景色不常見。

ㄱ 開頭詞彙

경험
經驗

簡易拼音	詞性	中譯
gyo*ng.ho*m	名詞	經驗

應用句

그것도 좋은 경험입니다 .
geu.go*t.do/jo.eun/gyo*ng.ho*.mim.
ni.da
那也是不錯的經驗。

직장생활 미리 경험해 봐요 .
jik.jjang.se*ng.hwal/mi.ri/gyo*ng.
ho*m.he*/bwa.yo
事先體驗看看職場生活吧。

아이는 경험을 통해 배운다 .
a.i.neun/gyo*ng.ho*.meul/tong.he*
/be*.un.da
孩子透過經驗來學習。

「 開頭詞彙

계단
階段

簡易拼音	詞性	中譯
gye.dan	名詞	樓梯

應用詞

비상계단 （非常階段）
bi.sang.gye.dan 緊急樓梯

應用句

저는 계단으로 올라왔어요 .
jo*.neun/gye.da.neu.ro/ol.la.wa.
sso*.yo
我是爬樓梯上來的。

이 계단은 참 길고 높아요 .
i/gye.da.neun/cham/gil.go/no.pa.
yo
這個樓梯真是長又高啊！

ㄱ
開
頭
詞
彙

계란
雞卵

簡易拼音	詞性	中譯
gye.ran	名詞	雞蛋

應用詞

계란죽 （雞卵粥）
gye.ran.juk 雞蛋粥

應用句

계란말이가 정말 맛있어요 .
gye.ran.ma.ri.ga/jo*ng.mal/ma.si.
sso*.yo
雞蛋捲真好吃。

계란 삶는 법 좀 가르쳐 주세요 .
gye.ran/sam.neun/bo*p/jom/ga.
reu.cho*/ju.se.yo
請教教我煮雞蛋的方法。

「 開頭詞彙

계속
繼續

簡易拼音	詞性	中譯
gye.sok	副詞	繼續、一直

應用句

동생이 계속 울고 있어요.
dong.se*ng.i/gye.sok/ul.go/i.sso*.yo
妹妹一直在哭。

앞으로도 계속 여기서 일할 거죠?
a.peu.ro.do/gye.sok/yo*.gi.so*/il.hal/go*.jyo
你以後也會繼續在這裡工作吧?

應用會話

A : 너 계속 이럴 거야?
no*/gye.sok/i.ro*l/go*.ya
你要一直這樣下去嗎?

B : 너랑 무슨 상관이야?
no*.rang/mu.seun/sang.gwa.ni.ya
跟你有什麼關係?

ㄱ
開頭詞彙

계절
季節

簡易拼音	詞性	中譯
gye.jo*l	名詞	季節

應用詞

사계절 （四季節）
sa.gye.jo*l 四季
계절변동 （季節變動）
gye.jo*l.byo*n.dong 季節變動

應用會話

A : 어느 계절을 가장 좋아합니까 ?
o*.neu/gye.jo*.reul/ga.jang/jo.a.
ham.ni.ga
你最喜歡哪個季節？

B : 저는 봄을 가장 좋아합니다 .
jo*.neun/bo.meul/ga.jang/jo.a.ham.
ni.da
我最喜歡春天。

開頭詞彙

계획
計劃／計畫

簡易拼音	詞性	中譯
gye.hwek	名詞	計畫、謀劃

應用句

난 3 박 4 일 제주도 여행 계획을
짰어요 .

nan/sam.bak.ssa.il/je.ju.do/yo*.he*
ng/gye.hwe.geul/jja.sso*.yo

我排好了四天三夜的濟州島旅遊計畫。

應用會話

A : 방학 때 무슨 계획이라도 있어요 ?

bang.hak/de*/mu.seun/gye.hwe.gi.
ra.do/i.sso*.yo

放假的時候，你有什麼計畫？

B : 방학 때 해외 여행을 하려고 해요 .

bang.hak/de*/he*.we/yo*.he*ng.
eul/ha.ryo*.go/he*.yo

放假時，我打算去國外旅行。

ㄱ 開頭詞彙

고등
高等

簡易拼音	詞性	中譯
go.deung	名詞	高等

應用詞

고등학생 （高等學生）
go.deung.hak.sse*ng 高中生
고등학교 （高等學校）
go.deung.hak.gyo 高中
고등법원 （高等法院）
go.deung.bo*.bwon 高等法院
고등교육 （高等教育）
go.deung.gyo.yuk 高等教育

應用句

오빠는 고등학생이에요 .
o.ba.neun/go.deung.hak.sse*ng.i.e.
yo
哥哥是高中生。

「 開頭詞彙

고모
姑母

簡易拼音	詞性	中譯
go.mo	名詞	姑姑

應用詞

고모부 （姑母夫）
go.mo.bu 姑丈

應用句

이 차는 우리 고모가 사 주신 거예요 .
i/cha.neun/u.ri/go.mo.ga/sa/ju.
sin/go*.ye.yo
這部車是我姑姑買給我的。

우리 고모도 이 교회에 다니세요 .
u.ri/go.mo.do/i/gyo.hwe.e/da.ni.se.
yo
我姑姑也是來這間教會。

「開頭詞彙

고속
高速

簡易拼音	詞性	中譯
go.sok	名詞	高速

應用詞

고속도로 （高速道路）
go.sok.do.ro 高速公路

고속버스 （高速 bus）
go.sok.bo*.seu 客運

고속열차 （高速列車）
go.so.gyo*l.cha 高速火車

고속철도 （高速鐵道）
go.sok.cho*l.do 高鐵、KTX

應用句

고속버스는 어디서 타나요？
go.sok.bo*.seu.neun/o*.di.so*/ta.
na.yo
請問客運要在哪裡搭？

「
開
頭
詞
彙

고장나다
故障 --

簡易拼音	詞性	中譯
go.jang.na.da	動詞	故障、壞掉

應用句

핸드폰이 고장나서 새로 샀어요 .
he*n.deu.po.ni/go.jang.na.so*/se*.
ro/sa.sso*.yo
因為手機壞掉，所以買新的了。

應用會話

A : 자동차가 고장났네 . 어떡하지 ?
ja.dong.cha.ga/go.jang.nan.ne//o*.
do*.ka.ji
我車子故障了耶，怎麼辦？

B : 시간이 급하니까 우리 택시로
가자 .
si.ga.ni/geu.pa.ni.ga/u.ri/te*k.ssi.
ro/ga.ja
時間很急迫，我們搭計程車去吧。

ㄱ 開頭詞彙

고향
故鄉

簡易拼音	詞性	中譯
go.hyang	名詞	故鄉

應用句

이번 연휴를 이용해서 고향에 돌아가고
싶어요 .
i.bo*n/yo*n.hyu.reul/i.yong.he*.so*/
go.hyang.e/do.ra.ga.go/si.po*.yo
我想利用這次連假回故鄉。

저희 부모님은 고향에 계십니다 .
jo*.hi/bu.mo.ni.meun/go.hyang.e/
gye.sim.ni.da
我的父母親在鄉下。

고향 친구가 서울에 왔어요 .
go.hyang/chin.gu.ga/so*.u.re/wa.
sso*.yo
故鄉的朋友來首爾了。

開頭詞彙

40

공기
空氣

簡易拼音	詞性	中譯
gong.gi	名詞	空氣

應用句

아침 공기가 맑아요 .
a.chim/gong.gi.ga/mal.ga.yo
早上的空氣很清新。

주변에 산과 나무들이 많아서 공기가
신선합니다 .
ju.byo*.ne/san.gwa/na.mu.deu.ri/
ma.na.so*/gong.gi.ga/sin.so*n.ham.
ni.da
周邊有很多山和樹木，所以空氣很新
鮮。

공기가 나빠요 .
gong.gi.ga/na.ba.yo
空氣很差。

ㄱ 開頭詞彙

공무원
公務員

簡易拼音	詞性	中譯
gong.mu.won	名詞	公務員

應用會話

A : 직업이 뭐예요？
ji.go*.bi/mwo.ye.yo
您的職業是什麼？

B : 저는 정부기관에서 일을 해요.
jo*.neun/jo*ng.bu.gi.gwa.ne.so*/
i.reul/he*.yo
我在政府機關工作。

A : 공무원이시군요.
gong.mu.wo.ni.si.gu.nyo
您是公務員啊！

┐ 開頭詞彙

공부하다
工夫 --

簡易拼音	詞性	中譯
gong.bu.ha.da	動詞	學習、讀書

應用句

열심히 공부해라 .
yo*l.sim.hi/gong.bu.he*.ra
認真讀書吧！

應用會話

A : 네 오빠는 뭐해？
ni/o.ba.neun/mwo.he*
你哥哥在做什麼？

B : 방에서 공부하는 것 같아 .
bang.e.so*/gong.bu.ha.neun/go*t/ga.ta
好像在房間念書。

ㄱ 開頭詞彙

공사
工事

簡易拼音	詞性	中譯
gong.sa	名詞	施工、工程

應用詞

공사장 （工事場）
gong.sa.jang 工地、工程現場
공사중 （工事中）
gong.sa.jung 施工中

應用句

공사 중이니까 들어가지 마세요 .
gong.sa/jung.i.ni.ga/deu.ro*.ga.ji/
ma.se.yo
正在施工請勿進入。

도대체 이 공사 언제 끝낼 겁니까 ?
do.de*.che/i/gong.sa/o*n.je/geun.
ne*l/go*m.ni.ga
到底這個工程什麼時候會結束？

「 開頭詞彙

공연
公演

簡易拼音	詞性	中譯
gong.yo*n	名詞	表演、演出

應用詞

공연장 （公演場）
gong.yo*n.jang 表演場
공연표 （公演票）
gong.yo*n.pyo 表演票

應用會話

A : 나한테 공연표 두 장 있는데
같이 보러 갈까 ?
na/han.te/gong.yo*n.pyo/du/jang/
in.neun.de/ga.chi/bo.ro*/gal.ga
我有兩張表演票，要不要一起去看 ?

B : 죄송해요 . 난 시간이 없어요 .
jwe.song.he*.yo//nan/si.ga.ni/o*p.
sso*.yo
對不起，我沒有時間。

ㄱ
開頭詞彙

공원
公園

簡易拼音	詞性	中譯
gong.won	名詞	公園

應用句

우리 산책하러 공원에 갈까요 ?
u.ri/san.che*.ka.ro*/gong.wo.ne/
gal.ga.yo
我們去公園散步好嗎？

공원에서 배드민턴을 칩시다 .
gong.wo.ne.so*/be*.deu.min.to*.
neul/chip.ssi.da
我們在公園打羽毛球吧。

공원에 농구장이 있어요 .
gong.wo.ne/nong.gu.jang.i/i.sso*.yo
公園有籃球場。

ㄱ
開頭詞彙

공중
公眾

簡易拼音	詞性	中譯
gong.jung	名詞	公眾、公共

應用詞

공중전화 （公眾電話）
gong.jung.jo*n.hwa 公用電話

應用會話

A : 실례하지만 근처에 공중전화가 있어요？
sil.lye.ha.ji.man/geun.cho*.e/gong.
jung.jo*n.hwa.ga/i.sso*.yo
對不起，附近有公共電話嗎？

B : 저기 편의점이 있잖아요 . 앞에 공중전화부스가 있어요 .
jo*.gi/pyo*.nui.jo*.mi/it.jja.na.yo
//a.pe/gong.jung.jo*n.hwa.bu.seu.
ga/i.sso*.yo
那裡有便利商店，前面有公共電話亭。

ㄱ 開頭詞彙

공책
空冊

簡易拼音	詞性	中譯
gong.che*k	名詞	筆記本

應用句

문구점에서 공책 두 권을 샀어요.
mun.gu.jo*.me.so*/gong.che*k/du/
gwo.neul/ssa.sso*.yo
在文具店買了兩本筆記本。

應用會話

A：혹시 내 공책 못 봤어? 분명히
여기다 뒀는데.
hok.ssi/ne*/gong.che*k/mot/bwa.
sso*//bun.myo*ng.hi/yo*.gi.da/
dwon.neun.de
你有看到我的筆記本嗎？明明我放在
這裡啊！

B：난 못 봤는데.
nan/mot/bwan.neun.de
我沒看到耶！

ㄱ 開頭詞彙

48

관광하다
觀光 --

簡易拼音	詞性	中譯
gwan.gwang.ha.da	動詞	觀光、旅遊

應用詞

관광객 （觀光客）
gwan.gwang.ge*k 遊客、觀光客
관광지 （觀光地）
gwan.gwang.ji 旅遊區、觀光勝地
관광단 （觀光團）
gwan.gwang.dan 旅遊團

應用句

저는 관광하러 왔어요.
jo*.neun/gwan.gwang.ha.ro*/wa.sso*.yo
我是來觀光的。

ㄱ 開頭詞彙

교수
教授

簡易拼音	詞性	中譯
gyo.su	名詞	教授

應用詞

교환교수 （交換教授）
gyo.hwan.gyo.su 交換教授
지도교수 （指導教授）
ji.do.gyo.su 指導教授

應用句

우리 교수님은 매우 엄격하세요 .
u.ri/gyo.su.ni.meun/me*.u/o*m.
gyo*.ka.se.yo
我們教授很嚴格。

교수님이 아직 안 오셨네요 .
gyo.su.ni.mi/a.jik/an/o.syo*n.ne.yo
教授還沒來呢！

교실
教室

簡易拼音	詞性	中譯
gyo.sil	名詞	教室

應用句

교실에 책상하고 의자가 있습니다 .
gyo.si.re/che*k.ssang.ha.go/ui.ja.
ga/it.sseum.ni.da
教室裡有書桌和椅子。

應用會話

A : 교실에 누가 있어요 ?
gyo.si.re/nu.ga/i.sso*.yo
誰在教室裡？

B : 영어 선생님하고 학생들이
있어요 .
yo*ng.o*/so*n.se*ng.nim.ha.go/
hak.sse*ng.deu.ri/i.sso*.yo
英文老師和學生們在教室。

ㄱ 開頭詞彙

교통
交通

簡易拼音	詞性	中譯
gyo.tong	名詞	交通

應用詞

교통사고 （交通事故）
gyo.tong.sa.go 車禍
대중교통 （大眾交通）
de*.jung.gyo.tong 大眾交通

應用會話

A：교통이 아주 복잡하지요？
뭐 타고 왔어요？
gyo.tong.i/a.ju/bok.jja.pa.ji.yo//
mwo/ta.go/wa.sso*.yo
交通很複雜吧？你搭什麼來呢？

B：지하철을 타고 왔어요.
ji.ha.cho*.reul/ta.go/wa.sso*.yo
我搭地鐵來的。

「 開頭詞彙

교환하다
交換 --

簡易拼音	詞性	中譯
gyo.hwan.ha.da	動詞	交換

應用詞

교환학생 （交換學生）
gyo.hwan.hak.sse*ng 交換學生

應用句

이것을 그것으로 교환해 주세요 .
i.go*.seul/geu.go*.seu.ro/gyo.hwan.
he*/ju.se.yo
請幫我把這個換成那個。

교환 , 반품 및 환불이 불가능합니다 .
gyo.hwan//ban.pum/mit/hwan.bu.
ri/bul.ga.neung.ham.ni.da
不可以換貨、退貨及退費。

ㄱ
開頭詞彙

교회
教會

簡易拼音	詞性	中譯
gyo.hwe	名詞	教會

應用詞

교회당　（教會堂）
gyo.hwe.dang　教堂

應用會話

A：무슨 종교를 믿습니까？
mu.seun/jong.gyo.reul/mit.sseum.
ni.ga
你信什麼宗教？

B：저는 기독교를 믿습니다.
일요일마다 교회에 다녀요.
jo*.neun/gi.dok.gyo.reul/mit.sseum.
ni.da//i.ryo.il.ma.da/gyo.hwe.e/da.
nyo*.yo
我信基督教，每個星期天都上教會。

군인
軍人

簡易拼音	詞性	中譯
gu.nin	名詞	軍人

應用詞

군대 （軍隊）
gun.de* 軍隊
군가 （軍歌）
gun.ga 軍歌

應用句

형이 군인이에요 .
hyo*ng.i/gu.ni.ni.e.yo
哥哥是軍人。

군대생활이 괴롭습니다 .
gun.de*.se*ng.hwa.ri/gwe.rop.
sseum.ni.da
軍隊的生活很痛苦。

ㄱ

開頭詞彙

극장
劇場

簡易拼音	詞性	中譯
geuk.jjang	名詞	劇院、電影院

應用詞

노천극장 （露天劇場）
no.cho*n.geuk.jjang　露天劇場

應用句

내일 오후 한 시에 극장에서
만납시다 .
ne*.il/o.hu/han/si.e/geuk.jjang.e.
so*/man.nap.ssi.da
明天下午一點我們在劇院見面吧。

어제 극장에 가서 영화를 봤어요 .
o*.je/geuk.jjang.e/ga.so*/yo*ng.hwa.
reul/bwa.sso*.yo
我昨天去劇院看了電影。

開頭詞彙

근처
近處

簡易拼音	詞性	中譯
geun.cho*	名詞	附近

應用句

학교 근처에 식당이 많아요 .
hak.gyo/geun.cho*.e/sik.dang.i/ma.
na.yo
學校附近有很多餐館。

이 근처에 지하철 역이 있습니까 ?
i/geun.cho*.e/ji.ha.cho*l/yo*.gi/it.
sseum.ni.ga
這附近有地鐵站嗎？

영화관이 바로 근처에 있습니다 .
yo*ng.hwa.gwa.ni/ba.ro/geun.cho*.
e/it.sseum.ni.da
電影院就在附近。

금년
今年

簡易拼音	詞性	中譯
geum.nyo*n	名詞	今年

應用詞

금년도 （今年度）
geum.nyo*n.do 今年度

應用句

금년은 윤년이 아닙니다 .
geum.nyo*.neun/yun.nyo*.ni/a.nim.
ni.da
今年不是閏年。

금년에는 대통령 선거가 있습니다 .
geum.nyo*.ne.neun/de*.tong.nyo*
ng/so*n.go*.ga/it.sseum.ni.da
今年有總統大選。

금방
今方

簡易拼音	詞性	中譯
geum.bang	副詞	馬上、立刻

應用會話

A：오빠 , 어떡해 ? 내 차
고장났나봐 .
o.ba//o*.do*.ke*//ne*/cha/go.jang.
nan.na.bwa
哥，怎麼辦？我的車好像壞掉了。

B：너 지금 어디야 ?
no*/ji.geum/o*.di.ya
你現在在哪裡？

A：회사 주차장에 있어 .
hwe.sa/ju.cha.jang.e/i.sso*
我在公司停車場。

B：내가 금방 갈게 . 기다려 .
ne*.ga̋/geum.bang/gal.gc//gi.da.ryo*
我馬上過去，你等等。

ㄱ
開
頭
詞
彙

금요일
金曜日

簡易拼音	詞性	中譯
geu.myo.il	名詞	星期五

應用句

오늘은 금요일이에요 .
o.neu.reun/geu.myo.i.ri.e.yo
今天星期五。

어제는 금요일이었어요 .
o*.je.neun/geu.myo.i.ri.o*.sso*.yo
昨天星期五。

應用會話

A : 언제 우리 집에 올 수 있어요 ?
o*n.je/u.ri/ji.be/ol/su/i.sso*.yo
你什麼時候可以來我們家？

B : 이번 주 금요일에 갈게요 .
i.bo*n/ju/geu.myo.i.re/gal.ge.yo
我這週五過去。

급
級

簡易拼音	詞性	中譯
geup	名詞	等級、級別

應用詞

중급 （中級）
jung.geup 中級、中等
고급 （高級）
go.geup 高級、高等

應用會話

A：한국어를 배운 지 얼마나
됐어요？
han.gu.go*.reul/be*.un/ji/o*l.ma.
na/dwe*.sso*.yo
你學韓國語有多久了？

B：일년쯤 됐는데 아직 초급이에요.
il.lyo*n.jjeum/dwe*n.neun.de/a.jik/
cho.geu.bi.e.yo
有一年左右了，但還只是初級。

ㄱ 開頭詞彙

기념
記念／紀念

簡易拼音	詞性	中譯
gi.nyo*m	名詞	紀念

應用詞

기념사진 （紀念寫真）
gi.nyo*m.sa.jin 紀念照
기념품 （紀念品）
gi.nyo*m.pum 紀念品

應用會話

A : 오늘은 우리의 결혼기념일이야 .
잊었어 ?
o.neu.reun/u.ri.ui/gyo*l.hon.gi.nyo*.
mi.ri.ya./i.jo*.sso*
今天是我們的結婚紀念日，你忘了嗎？

B : 미안 , 요즘 너무 바빠서 깜빡
잊어버렸네 .
mi.an//yo.jeum/no*.mu/ba.ba.so*/
gam.bak/i.jo*.bo*.ryo*n.ne
對不起，最近太忙忘記了呢！

기숙
寄宿

簡易拼音	詞性	中譯
gi.suk	名詞	寄宿

應用詞

기숙사 （寄宿舍）
gi.suk.ssa 宿舍
기숙생 （寄宿生）
gi.suk.sse*ng 住宿生

應用句

동생은 친척 집에 기숙하고 있어요 .
dong.se*ng.eun/chin.cho*k/ji.be/gi.
su.ka.go/i.sso*.yo
弟弟寄住在親戚家。

저는 학교 기숙사에서 삽니다 .
jo*.neun/hak.gyo/gi.suk.ssa.e.so*/
sam.ni.da.yo
我住在學校宿舍。

ㄱ
開頭詞彙

기억
記憶

簡易拼音	詞性	中譯
gi.o*k	名詞	記憶、記住

應用詞

기억상실 （記憶喪失）
gi.o*k.ssang.sil 失去記憶
기억력 （記憶力）
gi.o*ng.nyo*k 記憶力

應用句

난 기억력이 무지 안 좋아 .
nan/gi.o*ng.nyo*.gi/mu.ji/an/jo.a
我記憶力很不好。

미안해 . 잘 기억이 안 나 .
mi.an.he*//jal/gi.o*.gi/an/na
對不起，我想不怎麼起來。

ㄱ
開頭詞彙

기차
汽車

簡易拼音	詞性	中譯
gi.cha	名詞	火車

應用詞

기차역 （汽車驛）
gi.cha.yo*k 火車站
기차표 （汽車票）
gi.cha.pyo 火車票

應用句

기차역까지 데려다 주세요 .
gi.cha.yo*k.ga.ji/de.ryo*.da/ju.se.yo
請載我到火車站。

기차로 고향에 가요 .
gi.cha.ro/go.hyang.e/ga.yo
搭火車回故鄉。

ㄱ 開頭詞彙

긴장하다
緊張 --

簡易拼音	詞性	中譯
gin.jang.ha.da	動詞	緊張

應用詞

긴장감 （緊張感）
gin.jang.gam 緊張感

應用句

너무 긴장하지 마 .
no*.mu/gin.jang.ha.ji/ma
別太緊張了。

전 긴장할 때 식은 땀이 나요 .
jo*n/gin.jang.hal/de*/si.geun/da.
mi/na.yo
我緊張的時候會冒冷汗。

긴장 안 해요 .
gin.jang/an/he*.yo
我不緊張。

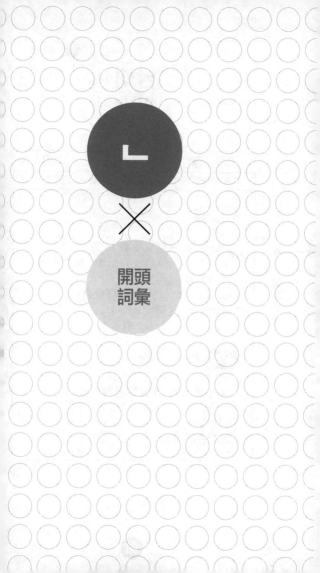

ㄴ

×

開頭
詞彙

남녀
男女

簡易拼音	詞性	中譯
nam.nyo*	名詞	男女

應用詞

남녀평등 （男女平等）
nam.nyo*.pyo*ng.deung 男女平等
남녀유별 （男女有別）
nam.nyo*.yu.byo*1 男女有別
남녀노소 （男女老少）
nam.nyo*.no.so 男女老少

應用句

내가 중학생 때 남녀공학이었어요 .
ne*.ga/jung.hak.sse*ng/de*/nam.
nyo*.gong.ha.gi.o*.sso*.yo
我國中的時候,是男女同校。

開頭詞彙

남자
男子

簡易拼音	詞性	中譯
nam.ja	名詞	男生、男人

應用句

나는 남자가 아니거든요 .
na.neun/nam.ja.ga/a.ni.go*.deu.nyo
我不是男生。

저는 남자친구 없습니다 .
jo*.neun/nam.ja.chin.gu/o*p.sseum.
ni.da
我沒有男朋友。

남자가 가장 싫어하는 여자 스타일은
무엇일까요 ?
nam.ja.ga/ga.jang/si.ro*.ha.neun/
yo*.ja/seu.ta.i.reun/mu.o*.sil.ga.yo
男生最討厭的女性風格是什麼呢？

ㄴ
開頭詞彙

남편
男便

簡易拼音	詞性	中譯
nam.pyo*n	名詞	丈夫、老公

應用詞

전남편 (前男便)
jo*n.nam.pyo*n 前夫

應用句

우리 남편도 이 회사에 다녀요 .
u.ri/nam.pyo*n.do/i/hwe.sa.e/da.
nyo*.yo
我老公也在這間公司上班。

이 꽃은 내 남편이 어제 선물해 준
거예요 .
i/go.cheun/ne*/nam.pyo*.ni/o*.je/
so*n.mul.he*/jun/go*.ye.yo
這花是我老公昨天送的。

내년
來年

簡易拼音	詞性	中譯
ne*.nyo*n	名詞	明年

應用詞

내년도 （來年度）
ne*.nyo*n.do 明年度

應用句

내년 가을에 유학하러 미국에 갈
겁니다 .
ne*.nyo*n/ga.eu.re/yu.ha.ka.ro*/mi.
gu.ge/gal/go*m.ni.da
我明年秋天要去美國留學。

내년은 2015 년입니다 .
ne*.nyo*.neun/i.cho*n.si.bo.nyo*.
nim.ni.da
明年是 2015 年。

ㄴ 開頭詞彙

내용
內容

簡易拼音	詞性	中譯
ne*.yong	名詞	內容

應用詞

내용물 （內容物）
ne*.yong.mul 貨物內容

應用句

주요 내용은 뭐예요 ?
ju.yo/ne*.yong.eun/mwo.ye.yo
主要的內容是什麼？

나도 이 책의 내용은 잘 몰라요 .
na.do/i/che*.gui/ne*.yong.eun/jal/
mol.la.yo
我也不太清楚這本書的內容。

소포 내용물은 뭐예요 ?
so.po/ne*.yong.mu.reun/mwo.ye.yo
包裹內容物是什麼？

ㄴ
開
頭
詞
彙

내일
來日

簡易拼音	詞性	中譯
ne*.il	名詞	明天

應用句

우리 내일 만날까요 ?
u.ri/ne*.il/man.nal.ga.yo
我們明天見面好嗎？

내일도 출근하세요 ?
ne*.il.do/chul.geun.ha.se.yo
你明天也要上班嗎？

제 생일은 바로 내일입니다 .
je/se*ng.i.reun/ba.ro/ne*.i.rim.ni.da
我的生日就是明天。

내일 부산에 갑니다 .
ne*.il/bu.sa.ne/gam.ni.da
明天去釜山。

ㄴ 開頭詞彙

냉장고
冷藏庫

簡易拼音	詞性	中譯
ne*ng.jang.go	名詞	冰箱

應用詞

식품냉장고 （食品冷藏庫）
sik.pum.ne*ng.jang.go **食品冰箱**

應用會話

A : 냉장고 안에 뭐가 있어요 ?
ne*ng.jang.go/a.ne/mwo.ga/i.sso*.
yo
冰箱裡有什麼 ？

B : 야채 , 고기 , 우유들이 있어요 .
ya.che*///go.gi//u.yu.deu.ri/i.sso*.
yo
有蔬菜、肉、牛奶。

ㄴ
開頭詞彙

녹색
綠色

簡易拼音	詞性	中譯
nok.sse*k	名詞	綠色

應用會話

A：무슨 색을 좋아해요?
mu.seun/se*.geul/jjo.a.he*.yo
你喜歡什麼顏色？

B：파란색을 좋아해요.
pa.ran.se*.geul/jjo.a.he*.yo
我喜歡藍色。

A：무슨 색을 싫어해요?
mu.seun/se*.geul/ssi.ro*.he*.yo
你討厭什麼顏色？

B：녹색을 싫어해요.
nok.sse*.geul/ssi.ro*.he*.yo
我討厭綠色。

ㄴ
開頭詞彙

농구
籠球

簡易拼音	詞性	中譯
nong.gu	名詞	籃球

應用詞

농구장 （籠球場）
nong.gu.jang 籃球場
농구화 （籠球靴）
nong.gu.hwa 籃球鞋

應用句

수업이 끝난 후에 같이 농구를
할까요？
su.o*.bi/geun.nan/hu.e/ga.chi/
nong.gu.reul/hal.ga.yo
下課後，要不要一起打籃球？

농구공 하나 사고 싶어요．
nong.gu.gong/ha.na/sa.go/si.po*.yo
我想買一顆籃球。

ㄴ
開頭詞彙

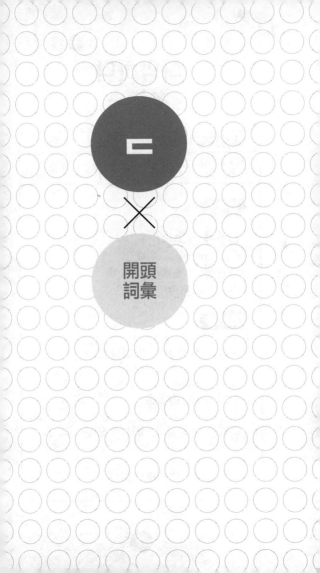

ㄷ

×

開頭
詞彙

다양하다
多樣 --

簡易拼音	詞性	中譯
da.yang.ha.da	形容詞	多樣

應用詞

다양화 （多樣化）
da.yang.hwa 多樣化
다양성 （多樣性）
da.yang.so*ng 多樣性

應用句

모양과 색상이 아주 다양합니다 .
mo.yang.gwa/se*k.ssang.i/a.ju/da.
yang.ham.ni.da
模樣和顏色很多樣。

다양한 분야를 선택할 수 있습니다 .
da.yang.han/bu.nya.reul/sso*n.te*.
kal/ssu/it.sseum.ni.da
可以選擇各種多樣的領域。

ㄷ
開頭詞彙

단어
單語

簡易拼音	詞性	中譯
da.no*	名詞	單字

應用詞

단어집 （單語集）
da.no*.jip 單字書

應用會話

A：영어를 잘해？
yo*ng.o*.reul/jjal.he*
你英文好嗎？

B：아니. 잘 못해.
a.ni//jal/mo.te*
不，不太好。

ㄷ 開頭詞彙

답장하다
答狀 --

簡易拼音	詞性	中譯
dap.jjang.ha.da	動詞	回信、回覆

ㄷ
開頭詞彙

應用詞

답신 （答信）
dap.ssin 回信

應用句

빨리 답장해 주세요 .
bal.li/dap.jjang.he*/ju.se.yo
請迅速回覆我。

답장을 기다리겠습니다 .
dap.jjang.eul/gi.da.ri.get.sseum.ni.da
我會等您的回覆。

아직 답장을 못 받았어요 .
a.jik/dap.jjang.eul/mot/ba.da.sso*.yo
我還沒收到回覆。

대답하다
對答 --

簡易拼音	詞性	中譯
de*.da.pa.da	動詞	回答

應用句

왜 대답이 없어요 ?
we*/de*.da.bi/o*p.sso*.yo
你為什麼不回答 ?

얼른 대답해 보세요 .
o*l.leun/de*.da.pe*/bo.se.yo
請快點回答。

應用會話

A : 빨리 대답하지 못해 ?
bal.li/de*.da.pa.ji/mo.te*
你還不趕快回答嗎 ?

B : 알았어요 . 다 말할게요 .
a.ra.sso*.yo//da/mal.hal.ge.yo
知道了，我都會説。

ㄷ 開頭詞彙

대만
臺灣

簡易拼音	詞性	中譯
de*.man	名詞	台灣

應用句

대만은 섬나라입니다 .
de*.ma.neun/so*m.na.ra.im.ni.da
台灣是島國。

대만에 놀러 가고 싶어요 .
de*.ma.ne/nol.lo*/ga.go/si.po*.yo
我想去台灣玩。

應用會話

A : 어느 나라 사람이에요 ?
o*.neu/na.ra/sa.ra.mi.e.yo
你是哪一國人?

B : 저는 대만 사람이에요 .
jo*.neun/de*.man/sa.ra.mi.e.yo
我是台灣人。

ㄷ 開頭詞彙

대학
大學

簡易拼音	詞性	中譯
de*.hak	名詞	大學

應用詞

대학교 （大學校）
de*.hak.gyo 大學
대학생 （大學生）
de*.hak.sse*ng 大學生
대학원 （大學院）
de*.ha.gwon 研究所

應用句

저는 대학교 삼학년 학생입니다 .
jo*.neun/de*.hak.gyo/sam.hang.
nyo*n/hak.sse*ng.im.ni.da
我是大學三年級的學生。

형은 대학원에 다닙니다 .
hyo*ng.eun/de*.ha.gwo.ne/da.nim.ni.
da
哥哥就讀研究所。

ㄷ

開頭詞彙

대한민국
大韓民國

簡易拼音	詞性	中譯
de*.han.min.guk	名詞	大韓民國

應用句

서울은 대한민국의 수도입니다 .
so*.u.reun/de*.han.min.gu.gui/su.do.im.ni.da
首爾是大韓民國的首都。

그 사람은 대한민국의 운동선수예요 .
geu/sa.ra.meun/de*.han.min.gu.gui/un.dong.so*n.su.ye.yo
那個人是大韓民國的運動員。

저는 대한민국 군인입니다 .
jo*.neun/de*.han.min.guk/gu.ni.nim.ni.da
我是大韓民國的軍人。

ㄷ
開頭詞彙

대화
對話

簡易拼音	詞性	中譯
de*.hwa	名詞	對話

應用詞

대화문 （對話文）
de*.hwa.mun 對話文

應用句

둘의 대화를 다 들었어요 .
du.rui/de*.hwa.reul/da/deu.ro*.
sso*.yo
兩人的對話我都聽到了。

영어로 대화하는 일은 쉽지 않습니다 .
yo*ng.o*.ro/de*.hwa.ha.neun/i.reun/
swip.jji/an.sseum.ni.da
用英文對話並不容易。

대회
大會

簡易拼音	詞性	中譯
de*.hwe	名詞	大會、比賽

應用詞

운동대회 （運動大會）
un.dong.de*.hwe 運動大會
마라톤대회 （marathon 大會）
ma.ra.ton.de*.hwe 馬拉松大會
변론대회 （辯論大會）
byo*l.lon.de*.hwe 辯論大會

應用會話

A : 이번 대회에 참가 안 해요?
i.bo*n/de*.hwe.e/cham.ga/an/he*.yo
這次的大會你不參加嗎？

B : 중요한 일이 있어서 참가 못 해요.
jung.yo.han/i.ri/i.sso*.so*/cham.ga/
mot/he*.yo
我有重要的事，不能參加。

ㄷ
開頭詞彙

86

도서관
圖書館

簡易拼音	詞性	中譯
do.so*.gwan	名詞	圖書館

應用詞

시립도서관 （市立圖書館）
si.rip.do.so*.gwan 市立圖書館
도서 （圖書）
do.so* 圖書

應用句

도서관에서 책들을 빌렸어요 .
do.so*.gwa.ne.so*/che*k.deu.reul/
bil.lyo*.sso*.yo
在圖書館借了書。

도서관에서 공부를 해요 .
do.so*.gwa.ne.so*/gong.bu.reul/he*.
yo
在圖書館念書。

ㄷ
開頭詞彙

도시
都市

簡易拼音	詞性	中譯
do.si	名詞	都市

應用詞

도시개발 （都市開發）
do.si.ge*.bal 都市開發
도시건설 （都市建設）
do.si.go*n.so*l 都市建設

應用句

나는 도시에서 살고 부모님은
시골에서 사세요 .
na.neun/do.si.e.so*/sal.go/bu.mo.
ni.meun/si.go.re.so*/sa.se.yo
我住在都市，父母住在鄉下。

도시에 사람들이 많습니다 .
do.si.e/sa.ram.deu.ri/man.sseum.ni.
da
都市有很多人。

ㄷ
開頭詞彙

도착하다
到著 --

簡易拼音	詞性	中譯
do.cha.ka.da	動詞	到達

應用詞

출발지 （出發地）
chul.bal.jji 出發地
도착지 （到著地）
do.chak.jji 抵達地

應用句

친구가 이미 약속 장소에 도착했어요 .
chin.gu.ga/i.mi/yak.ssok/jang.so.e/
do.cha.ke*.sso*.yo
朋友已經到達約定場所了。

공항에는 몇 시에 도착합니까 ?
gong.hang.e.neun/myo*t/si.e/do.
cha.kam.ni.ga
幾點到機場呢 ？

ㄷ
開頭詞彙

독일
獨逸

簡易拼音	詞性	中譯
do.gil	名詞	德國

應用詞

독일어 （獨逸語）
do.gi.ro* 德語
독일 대사 （獨逸大使）
do.gil/de*.sa 德國大使

應用會話

A : 독일어를 할 줄 알아요？
do.gi.ro*.reul/hal/jjul/a.ra.yo
你會説德語嗎？

B : 할 줄 몰라요.
hal/jjul/mol.la.yo
我不會説。

ㄷ 開頭詞彙

동물
動物

簡易拼音	詞性	中譯
dong.mul	名詞	動物

應用詞

동물원 （動物園）
dong.mu.rwon 動物園
동물계 （動物界）
dong.mul.gye 動物界
야생동물 （野生動物）
ya.se*ng.dong.mul 野生動物

應用會話

A : 그게 무슨 동물이야 ?
geu.ge/mu.seun/dong.mu.ri.ya
那是什麼動物 ?

B : 호랑이야 .
ho.rang.i.ya
是老虎。

ㄷ
開頭詞彙

동창
同窗

簡易拼音	詞性	中譯
dong.chang	名詞	同學

應用詞

동창회 （同窗會）
dong.chang.hwe 同學會
동창생 （同窗生）
dong.chang.se*ng 同學

應用會話

A：내일 같이 놀러 가자 .
ne*.il/ga.chi/nol.lo*/ga.ja
明天一起出去玩吧。

B：나 내일 동창 모임이 있어서 놀아
줄 수 없어 .
na/ne*.il/dong.chang/mo.i.mi/i.sso*.
so*/no.ra/jul/su/o*p.sso*
我明天有同學會，不能陪你玩。

ㄷ
開
頭
詞
彙

두통
頭痛

簡易拼音	詞性	中譯
du.tong	名詞	頭痛

應用詞

두통약 （頭痛藥）
du.tong.yak 頭痛藥

應用句

두통이 심해요 .
du.tong.i / sim.he*.yo
頭痛很嚴重。

두통이 생기는 이유가 뭔가요 ?
du.tong.i / se*ng.gi.neun / i.yu.ga /
mwon.ga.yo
頭痛的理由是什麼？

ㄷ 開頭詞彙

▶ Track 087

등산하다
登山 --

簡易拼音	詞性	中譯
deung.san.ha.da	動詞	爬山

應用詞

ㄷ 開頭詞彙

등산객 （登山客）
deung.san.ge*k 登山者

등산복 （登山服）
deung.san.bok 登山裝

등산가 （登山家）
deung.san.ga 爬山專家

應用會話

A：취미가 무엇입니까？
chwi.mi.ga/mu.o*.sim.ni.ga
你的興趣是什麼？

B：취미가 등산하는 것입니다.
chwi.mi.ga/deung.san.ha.neun/go*.sim.ni.da
興趣是爬山。

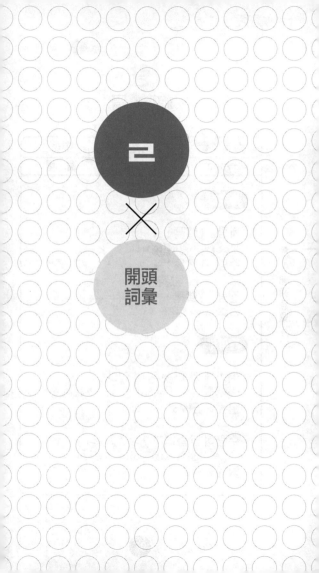

己
×
開頭
詞彙

량
輛／量

簡易拼音	詞性	中譯
ryang	量／名詞	輛、量

應用詞

차량 （車輛）
cha.ryang 車輛
수량 （數量）
su.ryang 數量
질량 （質量）
jil.lyang 質量

應用句

여기에 차 다섯 량이 있다 .
yo*.gi.e/cha/da.so*t/ryang.i/it.da
這裡有五輛車。

수량이 많습니까 ?
su.ryang.i/man.sseum.ni.ga
數量多嗎？

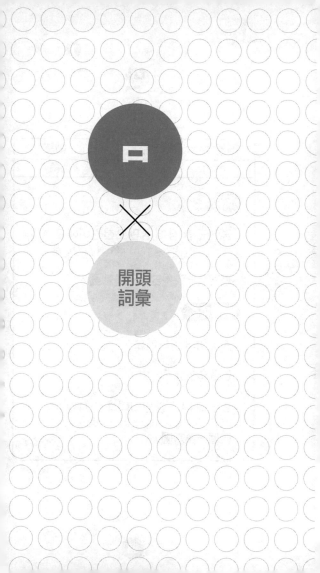

口 × 開頭
詞彙

만
萬

簡易拼音	詞性	中譯
man	數詞	萬

□ 開頭詞彙

應用句

공연표 한 장에 삼만오천원이에요 .
gong.yo*n.pyo/han/jang.e/sam.ma.
no.cho*.nwo.ni.e.yo
表演票一張是三萬五千韓圜。

應用會話

A : 이거 얼마예요 ?
i.go*/o*l.ma.ye.yo
這個多少錢 ?

B : 네 개에 만원입니다 .
ne/ge*.e/ma.nwo.nim.ni.da
四個一萬韓圜。

만두
饅頭

簡易拼音	詞性	中譯
man.du	名詞	水餃、饅頭

應用句

만두가 좋아요 ? 찐빵이 좋아요 ?
man.du.ga/jo.a.yo//jjin.bang.i/jo.a.yo

你喜歡包子 ? 還是紅豆包 ?

應用會話

A : 뭘 드릴까요 ?
mwol/deu.ril.ga.yo

您要點什麼 ?

B : 김치만두 일인분 주세요 .
gim.chi.man.du/i.rin.bun/ju.se.yo

請給我一人份的泡菜水餃。

A : 네 , 잠깐만 기다리세요 .
ne//jam.gan.man/gi.da.ri.se.yo

好的，請稍等。

만화
漫畫

簡易拼音	詞性	中譯
man.hwa	名詞	漫畫

應用詞

만화영화 （漫畫映畫）
man.hwa.yo*ng.hwa　動畫片、卡通片
만화가 （漫畫家）
man.hwa.ga　漫畫家
만화책 （漫畫冊）
man.hwa.che*k　漫畫書

應用句

그분은 아주 유명한 만화가예요 .
geu.bu.neun/a.ju/yu.myo*ng.han/
man.hwa.ga.ye.yo
他是很有名的漫畫家。

이 만화책 좀 빌려 줘요 .
i/man.hwa.che*k/jom/bil.lyo*/jwo.
yo
這本漫畫借我吧。

□
開
頭
詞
彙

말
馬

簡易拼音	詞性	中譯
mal	名詞	馬

應用會話

A：말을 타 본 적이 있어요?
ma.reul/ta/bon/jo*.gi/i.sso*.yo
你有騎過馬嗎？

B：네, 타 본 적이 있어요.
ne//ta/bon/jo*.gi/i.sso*.yo
有，我有騎過。

B：아니요, 타 본 적이 없어요.
a.ni.yo//ta/bon/jo*.gi/o*p.sso*.yo
沒有，我沒有騎過。

□ 開頭詞彙

매월
每月

簡易拼音	詞性	中譯
me*.wol	名詞	每月

應用句

우리 매월 두 번씩 만납시다 .
u.ri/me*.wol/du/bo*n.ssik/man.
nap.ssi.da
我們每個月見兩次面吧。

매월 5 일은 월급날이에요 .
me*.wol/o.i.reun/wol.geum.na.ri.e.
yo
每個月五號是發薪水日。

여기는 매월 마지막 월요일에
휴관합니다 .
yo*.gi.neun/me*.wol/ma.ji.mak/wo.
ryo.i.re/hyu.gwan.ham.ni.da
這裡每月最後一個星期一休館。

□
開頭詞彙

매일
每日

簡易拼音	詞性	中譯
me*.il	名詞	每日、每天

應用句

매일 운동하세요 ?
me*.il/un.dong.ha.se.yo
你每天都會運動嗎？

應用會話

A : 매일 점심 시간에 뭘 먹어요 ?
me*.il/jo*m.sim/si.ga.ne/mwol/
mo*.go*.yo
你每天午餐時間都吃什麼？

B : 바빠서 거의 김밥이나 빵만
먹어요 .
ba.ba.so*/go*.ui/gim.ba.bi.na/bang.
man/mo*.go*.yo
因為很忙幾乎都吃紫菜飯捲或麵包。

□
開頭詞彙

매주
每週

簡易拼音	詞性	中譯
me*.ju	名詞	每星期

應用句

안 바쁘면 거의 매주 여기에 와요 .
an/ba.beu.myo*n/go*.ui/me*.ju/
yo*.gi.e/wa.yo
不忙的話，幾乎每週來這裡。

매주 두 번씩 조깅을 해요 .
me*.ju/du/bo*n.ssik/jo.ging.eul/
he*.yo
每週會慢跑兩次。

매주 금요일 저녁에 내가 즐겨 보는
프로그램이 있어요 .
me*.ju/geu.myo.il/jo*.nyo*.ge/ne*.
ga/jeul.gyo*/bo.neun/peu.ro.geu.
re*.mi/i.sso*.yo
每週五晚上有我喜歡看的節目。

ㅁ
開頭詞彙

맥주
麥酒

簡易拼音	詞性	中譯
me*k.jju	名詞	啤酒

應用詞

생맥주 （生麥酒）
se*ng.me*k.jju　生啤酒

應用會話

A : 치킨집에 갈까요 ?
chi.kin.ji.be/gal.ga.yo
我們去炸雞店好嗎 ?

B : 좋아요 . 우리 맥주를 마시면서
얘기해요 .
jo.a.yo//u.ri/me*k.jju.reul/ma.si.
myo*n.so*/ye*.gi.he*.yo
好啊，我們邊喝啤酒邊聊吧。

ㅁ 開頭詞彙

명
名

簡易拼音	詞性	中譯
myo*ng	量詞	位、個人

應用會話

A：어서 오세요. 모두 몇 분이세요?
o*.so*/o.se.yo//mo.du/myo*t/bu.ni.se.yo
歡迎光臨，總共幾位？

B：세 명이에요. 빈 자리 있어요?
se/myo*ng.i.e.yo//bin/ja.ri/i.sso*.yo
有三個人，有空位嗎？

A：네, 있습니다. 저를 따라 오세요.
ne//it.sseum.ni.da//jo*.reul/da.ra/o.se.yo
有，請跟我來。

명절
名節

簡易拼音	詞性	中譯
myo*ng.jo*l	名詞	節日

應用句

즐거운 명절 보내세요 .
jeul.go*.un/myo*ng.jo*l/bo.ne*.se.yo
祝你佳節愉快。

應用會話

A : 한국의 명절에 대해서 알려 주세요 .
han.gu.gui/myo*ng.jo*.re/de*.he*.so*
/al.lyo*/ju.se.yo
請你告訴我有關韓國的節日。

B : 한국의 명절 중 가장 큰 명절은 " 설날 "
과 " 추석 " 입니다 .
han.gu.gui/myo*ng.jo*l/jung/ga.
jang/keun/myo*ng.jo*.reun/so*l.lal.
gwa/chu.so*.gim.ni.da
韓國的節日裡最重大的節日是「正月
初一」和「中秋」。

모양
模樣／貌樣

簡易拼音	詞性	中譯
mo.yang	名詞	模樣、款式

應用句

모양이 달라요 .
mo.yang.i/dal.la.yo
模樣不同。

같은 모양으로 만드세요 .
ga.teun/mo.yang.eu.ro/man.deu.se.yo
請做成相同的模樣。

이상한 모양 .
i.sang.han/mo.yang
奇怪的模樣。

모자
帽子

簡易拼音	詞性	中譯
mo.ja	名詞	帽子

應用詞

야구모자 （野球帽子）
ya.gu.mo.ja 棒球帽

應用句

저 매일 모자 쓰고 다녀요 .
jo*/me*.il/mo.ja/sseu.go/da.nyo*.yo
我每天戴帽子出門。

모자 하나 사려고 해요 .
mo.ja/ha.na/sa.ryo*.go/he*.yo
打算買一頂帽子。

ㅁ 開頭詞彙

목요일
木曜日

簡易拼音	詞性	中譯
mo.gyo.il	名詞	星期四

應用句

목요일 저녁에 뭐 할 거예요?
mo.gyo.il/jo*.nyo*.ge/mwo/hal/go*.ye.yo
星期四晚上你要做什麼?

다음주 목요일에 시험이 있을 거예요.
da.eum.ju/mo.gyo.i.re/si.ho*.mi/i.sseul/
go*.ye.yo
下週四會有考試。

應用會話

A : 내일 무슨 요일이야?
ne*.il/mu.seun/yo.i.ri.ya
明天星期幾?

B : 목요일이야.
mo.gyo.i.ri.ya
星期四。

□ 開頭詞彙

목욕하다
沐浴 --

簡易拼音	詞性	中譯
mo.gyo.ka.da	動詞	泡澡

應用詞

목욕탕 （沐浴湯）
mo.gyok.tang 澡堂

목욕실 （沐浴室）
mo.gyok.ssil 浴室

應用句

찬물로 목욕하지 마요 .
chan.mul.lo/mo.gyo.ka.ji/ma.yo
不要用冷水泡澡。

엄마랑 같이 목욕했어요 .
o*m.ma.rang/ga.chi/mo.gyo.ke*.
sso*.yo
跟媽媽一起泡澡了。

ㅁ 開頭詞彙

문
門

簡易拼音	詞性	中譯
mun	名詞	門

應用詞

대문 （大門）
de*.mun 大門
창문 （窗門）
chang.mun 窗戶

應用會話

A：추우니까 창문을 닫을까요？
chu.u.ni.ga/chang.mu.neul/da.deul.
ga.yo
很冷，我們關窗戶好嗎？

B：네 , 그렇게 합시다 .
ne//geu.ro*.ke/hap.ssi.da
好啊，就那麼辦吧。

□ 開頭詞彙

문장
文章

簡易拼音	詞性	中譯
mun.jang	名詞	句子

應用句

틀린 문장 좀 고쳐 주세요 .
teul.lin/mun.jang/jom/go.cho*/ju.
se.yo
請幫我修改錯誤的句子。

應用會話

A : 이건 누가 쓴 문장이에요 ?
i.go*n/nu.ga/sseun/mun.jang.i.e.yo
這是誰寫的句子？

B : 제가 쓴 거예요 .
je.ga/sseun/go*.ye.yo
我寫的。

□ 開頭詞彙

문제
問題

簡易拼音	詞性	中譯
mun.je	名詞	問題

應用詞

사회문제 （社會問題）
sa.hwe.mun.je 社會問題
교육문제 （教育問題）
gyo.yung.mun.je 教育問題

應用句

시험 문제가 너무 어려웠어요 .
si.ho*m/mun.je.ga/no*.mu/o*.ryo*.
wo.sso*.yo
考試題目很難。

무슨 문제라도 있습니까 ?
mu.seun/mun.je.ra.do/it.sseum.ni.ga
有什麼問題嗎？

○ 開頭詞彙

문화
文化

簡易拼音	詞性	中譯
mun.hwa	名詞	文化

應用詞

문화권 （文化圈）
mun.hwa.gwon 文化圈
중국문화 （中國文化）
jung.gung.mun.hwa 中國文化

應用句

우리나라 문화에 대해 알고 싶은
외국인들이 많겠죠？
u.ri.na.ra/mun.hwa.e/de*.he*/al.go/
si.peun/we.gu.gin.deu.ri/man.ket.jjyo
想認識我國文化的外國人很多吧？

ㅁ
開頭詞彙

미국
美國

簡易拼音	詞性	中譯
mi.guk	名詞	美國

應用詞

미국지폐 （美國紙幣）
mi.guk.jji.pye 美鈔
미국인 （美國人）
mi.gu.gin 美國人

應用句

저는 미국 사람이 아닙니다 .
jo*.neun/mi.guk/sa.ra.mi/a.nim.ni.
da
我不是美國人。

미국 친구를 사귀고 싶어요 .
mi.guk/chin.gu.reul/ssa.gwi.go/si.
po*.yo
我想交美國朋友。

□ 開頭詞彙

미술
美術

簡易拼音	詞性	中譯
mi.sul	名詞	美術

應用詞

미술품 （美術品）
mi.sul.pum 美術品

應用會話

A : 혹시 이 근처에 있는 미술관을 아세요？
hok.ssi/i/geun.cho*.e/in.neun/mi.sul.gwa.neul/a.se.yo
請問你知道這附近有個美術館嗎？

B : 죄송해요 . 저도 여기에 처음 왔어요 .
jwe.song.he*.yo//jo*.do/yo*.gi.e/cho*.eum/wa.sso*.yo
對不起，我也是第一次來這裡。

□ 開頭詞彙

미안하다
未安 --

簡易拼音	詞性	中譯
mi.an.ha.da	形容詞	對不起

應用句

늦어서 미안합니다 .
neu.jo*.so*/mi.an.ham.ni.da
對不起我來晚了。

도와 주지 못해서 미안해요 .
do.wa/ju.ji/mo.te*.so*/mi.an.he*.yo
對不起沒幫到你。

應用會話

A : 정말 미안해요 .
jo*ng.mal/mi.an.he*.yo
真的很抱歉。

B : 괜찮아요 .
gwe*n.cha.na.yo
沒關係。

○ 開頭詞彙

미용
美容

簡易拼音	詞性	中譯
mi.yong	名詞	美容

應用詞

미용사 (美容師)
mi.yong.sa 美容師
미용실 (美容室)
mi.yong.sil 美容院、美髮院

應用會話

A : 머리를 자르셨군요.
mo*.ri.reul/jja.reu.syo*t.gu.nyo
您剪頭髮了啊?

B : 네 , 날씨가 더워서요.
ne//nal.ssi.ga/do*.wo.so*.yo
是啊,因為天氣熱。

A : 어디서 하셨어요?
o*.di.so*/ha.syo*.sso*.yo
您在哪裡剪的啊?

□ 開頭詞彙

用漢字
背韓語單字

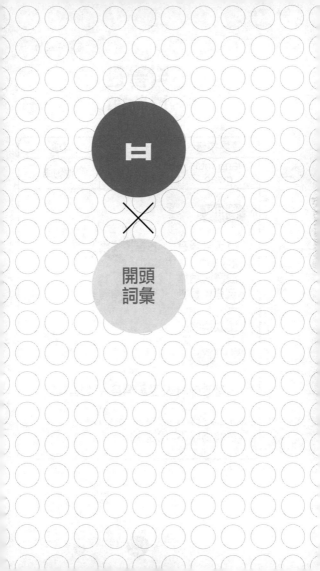

日 × 開頭詞彙

박물관
博物館

簡易拼音	詞性	中譯
bang.mul.gwan	名詞	博物館

應用詞

고궁박물관 （古宮博物館）
go.gung.bang.mul.gwan
故宮博物館
국립박물관 （國立博物館）
gung.nip.bang.mul.gwan
國立博物館

應用句

박물관에서 사진을 찍을 수 없습니다 .
bang.mul.gwa.ne.so*/sa.ji.neul/jji.
geul/ssu/o*p.sseum.ni.da
在博物館不可以拍照。

반
班

簡易拼音	詞性	中譯
ban	名詞	班、班級

應用詞

반장 (班長)
ban.jang 班長
부반장 (副班長)
bu.ban.jang 副班長

應用句

우리 반 선생님이 아주 예쁘세요 .
u.ri/ban/so*n.se*ng.ni.mi/a.ju/ye.
beu.se.yo
我們班老師很漂亮。

저는 이학년 이반 박숙영입니다 .
jo*.neun/i.hang.nyo*n/i.ban/bak.
ssu.gyo*ng.im.ni.da
我是 2 年 2 班朴淑英。

ㅂ 開頭詞彙

반지
半指／班指

簡易拼音	詞性	中譯
ban.ji	名詞	戒指

應用會話

A：내 결혼반지 잃어 버렸나 봐요. 어떡해요？
ne*/gyo*l.hon.ban.ji/i.ro*/bo*.ryo*
n.na/bwa.yo//o*.do*.ke*.yo
我的結婚戒指好像弄丟了，怎麼辦？

B：뭐？어디서 잃어 버린 것 같아요？
내가 같이 찾아 줄게요.
mwo//o*.di.so*/i.ro*/bo*.rin/go*t/
ga.ta.yo//ne*.ga/ga.chi/cha.ja/jul.
ge.yo
什麼？你大概在哪裡弄丟的？我跟你
一起找。

ㅂ
開頭詞彙

반찬
飯饌

簡易拼音	詞性	中譯
ban.chan	名詞	小菜

應用句

반찬이 맛있어요.
ban.cha.ni/ma.si.sso*.yo
小菜很好吃。

應用會話

A：반찬 더 주시겠어요?
ban.chan/do*/ju.si.ge.sso*.yo
可以再給我一點小菜嗎？

B：우엉조림 더 드려요?
u.o*ng.jo.rim/do*/deu.ryo*.yo
再給您一點燉牛蒡嗎？

A：네, 계란말이도 더 주세요.
ne//gye.ran.ma.ri.do/do*/ju.se.yo
好，雞蛋捲也再給我一些。

ㅂ
開頭詞彙

125

발음
發音

簡易拼音	詞性	中譯
ba.reum	名詞	發音

應用詞

발음법 （發音法）
ba.reum.bo*p 發音法

應用句

중국어 발음이 너무 어렵다 .
jung.gu.go*/ba.reu.mi/no*.mu/o*.
ryo*p.da
中文發音很難。

발음 연습을 많이 하셔야 해요 .
ba.reum/yo*n.seu.beul/ma.ni/ha.
syo*.ya/he*.yo
您應該多練習發音。

ㅂ
開頭詞彙

방

房

簡易拼音	詞性	中譯
bang	名詞	房間

應用句

빈 방이 있어요 ?
bin/bang.i/i.sso*.yo
有空房間嗎 ?

내 방에서 자지 마 .
ne*/bang.e.so*/ja.ji/ma
不要在我房間睡覺。

應用會話

A : 너 방에서 뭐해 ?
no*/bang.e.so*/mwo.he*
你在房間做什麼 ?

B : 숙제를 하고 있어 .
suk.jje.reul/ha.go/i.sso*
我在寫作業。

ㅂ 開頭詞彙

방법
方法

簡易拼音	詞性	中譯
bang.bo*p	名詞	方法

應用詞

학습방법 （學習方法）
hak.sseup.bang.bo*p 學習方法
지불방법 （支拂方法）
ji.bul.bang.bo*p 付款方式

應用句

좋은 방법이라도 있어요 ?
jo.eun/bang.bo*.bi.ra.do/i.sso*.yo
有什麼好方法嗎 ?

이런 방법으로 문제를 해결할 수
없어요 .
i.ro*n/bang.bo*.beu.ro/mun.je.reul/
he*.gyo*l.hal/ssu/o*p.sso*.yo
用這種方法不能解決問題。

ㅂ
開頭詞彙

방송
放送

簡易拼音	詞性	中譯
bang.song	名詞	播放、播送

應用詞

방송국 （放送局）
bang.song.guk 電視台
방송 위성 （放送衛星）
bang.song wi.so*ng 廣播衛星
생방송 （生放送）
se*ng.bang.song 現場直播

應用會話

A：야구 생방송 있는데 같이 볼래?
ya.gu/se*ng.bang.song/in.neun.de/
ga.chi/bol.le*
有現場直播棒球賽，要一起看嗎？

B：좋아. 몇 시부터야?
jo.a//myo*t/si.bu.to*.ya
好啊，幾點開始？

ㅂ
開頭詞彙

방학
放學

簡易拼音	詞性	中譯
bang.hak	名詞	放假

應用詞

방학숙제 （放學宿題）
bang.hak.ssuk.jje 放假作業

應用會話

A：여름 방학에 뭐 할 거예요？
yo*.reum/bang.ha.ge/mwo/hal/go*.
ye.yo
暑假你要做什麼？

B：바닷가에 놀러 갈 거예요.
ba.dat.ga.e/nol.lo*/gal/go*.ye.yo
我要去海邊玩。

A：나도 같이 가면 안 돼요？
na.do/ga.chi/ga.myo*n/an/dwe*.yo
我也可以一起去嗎？

배낭
背囊

簡易拼音	詞性	中譯
be*.nang	名詞	背包

應用詞

배낭여행 （背囊旅行）
be*.nang.yo*.he*ng 自助旅行

應用會話

A：배낭에 뭐가 들어 있어요 ?
be*.nang.e/mwo.ga/deu.ro*/i.sso*.
yo
背包裡裝有什麼東西 ?

B：지도 , 물병 , 지갑 , 카메라 등이
들어 있어요 .
ji.do//mul.byo*ng//ji.gap//ka.me.
ra/deung.i/deu.ro*/i.sso*.yo
裝有地圖、水瓶、皮夾、相機等東西。

배우
俳優

簡易拼音	詞性	中譯
be*.u	名詞	演員

應用詞

여배우 （女俳優）
yo*.be*.u 女演員
남배우 （男俳優）
nam.be*.u 男演員

應用句

좋아하는 한국 배우가 있어요 ?
jo.a.ha.neun/han.guk/be*.u.ga/i.
sso*.yo
你有喜歡的韓國演員嗎？

나는 배우가 아니에요 .
na.neun/be*.u.ga/a.ni.e.yo
我不是演員。

ㅂ
開頭詞彙

백

百

簡易拼音	詞性	中譯
be*k	數詞	百

應用句

이것은 삼천팔백오십원이에요.
i.go*.seun/sam.cho*n.pal.be*.go.si.
bwo.ni.e.yo
這個是三千八百五十韓圜。

應用會話

A : 돈이 있어요?
do.ni/i.sso*.yo
你有錢嗎?

B : 백원밖에 없어요.
be*.gwon.ba.ge/o*p.sso*.yo
我只有一百韓圜。

백화점
百貨店

簡易拼音	詞性	中譯
be*.kwa.jo*m	名詞	百貨公司

應用句

이 근처에 백화점이 있습니까?
i/geun.cho*.e/be*.kwa.jo*.mi/it.
sseum.ni.ga
這附近有百貨公司嗎?

應用會話

A : 이 구두는 어디서 샀어요?
i/gu.du.neun/o*.di.so*/sa.sso*.yo
這雙皮鞋在哪裡買的?

B : 백화점에서 샀어요.
be*.kwa.jo*.me.so*/sa.sso*.yo
我在百貨公司買的。

ㅂ
開頭詞彙

134

번
番

簡易拼音	詞性	中譯
bo*n	量詞	號、次

應用句

한 번 먹어 봐요 .
han/bo*n/mo*.go*/bwa.yo
你吃看看。

應用會話

A : 몇 번 출구로 나가야 해요 ?
myo*t/bo*n/chul.gu.ro/na.ga.ya/
he*.yo
我應該往幾號出口出去？

B : 일번 출구로 나가세요 .
il.bo*n/chul.gu.ro/na.ga.se.yo
請從一號出口出去。

ㅂ 開頭詞彙

번호
番號

簡易拼音	詞性	中譯
bo*n.ho	名詞	號碼

應用詞

전화번호 （電話番號）
jo*n.hwa.bo*n.ho 電話號碼
번호표 （番號票）
bo*n.ho.pyo 號碼牌

應用會話

A : 준수 씨 전화번호를 알아 ?
jun.su/ssi/jo*n.hwa.bo*n.ho.reul/a.
ra
你知道俊秀的電話號碼嗎 ?

B : 몰라 . 다른 사람에게 물어 봐 .
mol.la//da.reun/sa.ra.me.ge/mu.ro*/
bwa
不知道，你去問其他人。

ㅂ 開頭詞彙

변호사
辯護士

簡易拼音	詞性	中譯
byo*n.ho.sa	名詞	律師

應用詞

변호인 （辯護人）
byo*n.ho.in 辯護人
변호료 （辯護料）
byo*n.ho.ryo 辯護費
변호권 （辯護權）
byo*n.ho.gwon 辯護權

應用句

변호사 비용은 얼마입니까 ?
byo*n.ho.sa/bi.yong.eun/o*l.ma.im.
ni.ga
律師費用是多少錢 ?

병

病

簡易拼音	詞性	中譯
byo*ng	名詞	病

應用詞

병원 （病院）
byo*ng.won　醫院
병실 （病室）
byo*ng.sil　病房
병인 （病因）
byo*ng.in　病因

應用會話

A：대체 무슨 병이야？
de*.che/mu.seun/byo*ng.i.ya
到底是什麼病？

B：아직 몰라．
a.jik/mol.la
還不知道。

보관하다
保管 --

簡易拼音	詞性	中譯
bo.gwan.ha.da	動詞	保管

應用詞

보관비 （保管費）
bo.gwan.bi 保管費
보관물 （保管物）
bo.gwan.mul 保管物品

應用句

열쇠 잘 보관하세요 .
yo*l.swe/jal/bo.gwan.ha.se.yo
鑰匙請好好保管。

부츠는 어떻게 보관해야 돼요 ?
bu.cheu.neun/o*.do*.ke/bo.gwan.
he*.ya/dwe*.yo
靴子要如何保管才好？

ㅂ 開頭詞彙

보통
普通

簡易拼音	詞性	中譯
bo.tong	名／副詞	一般、通常

應用句

난 보통 여자가 아니야 .
nan/bo.tong/yo*.ja.ga/a.ni.ya
我不是普通的女生。

應用會話

A：보통 몇 시에 퇴근하세요 ?
bo.tong/myo*t/si.e/twe.geun.ha.se.yo
你一般幾點下班？

B：보통 저녁 6 시에 퇴근해요 .
bo.tong/jo*.nyo*k/yo*.so*t.ssi.e/twe.
geun.he*.yo
我一般晚上六點下班。

ㅂ 開頭詞彙

복습하다
復習 --

簡易拼音	詞性	中譯
bok.sseu.pa.da	動詞	複習

應用句

수업 후 쉬는 시간에 복습하세요 .
su.o*p/hu/swi.neun/si.ga.ne/bok.sseu.pa.se.yo
請在下課後的休息時間複習。

복습을 안 해서 시험을 못 봤어요 .
bok.sseu.beul/an/he*.so*/si.ho*.meul/mot/bwa.sso*.yo
因為沒複習,所以考不好。

꼭 집에서 오늘 배운 걸 복습해야
해요 .
gok/ji.be.so*/o.neul/be*.un/go*l/bok.sseu.pe*.ya/he*.yo
一定要在家裡複習今天所學的。

ㅂ 開頭詞彙

복잡하다
複雜 --

簡易拼音	詞性	中譯
bok.jja.pa.da	形容詞	複雜

應用句

교통이 복잡합니다 .
gyo.tong.i/bok.jja.pam.ni.da
交通很複雜。

아 , 머리가 너무 복잡해 .
a//mo*.ri.ga/no*.mu/bok.jja.pe*
啊，思緒很亂。

아주 복잡한 상황입니다 .
a.ju/bok.jja.pan/sang.hwang.im.ni.da
是很複雜的情況。

복잡한 사건입니다 .
bok.jja.pan/sa.go*.nim.ni.da
是複雜的案件。

ㅂ
開頭詞彙

142

봉지
封紙

簡易拼音	詞性	中譯
bong.ji	名詞	袋子、塑膠袋

應用句

아이가 설탕을 봉지에 넣었다 .
a.i.ga/so*l.tang.eul/bong.ji.e/no*.o*t.
da
小孩把糖果放入袋子裡。

應用會話

A : 비닐봉지 필요하세요 ?
bi.nil.bong.ji/pi.ryo.ha.se.yo
您需要塑膠袋嗎？

B : 네 , 하나 주세요 .
ne//ha.na/ju.se.yo
好，請給我一個。

ㅂ 開頭詞彙

143

봉투
封套

簡易拼音	詞性	中譯
bong.tu	名詞	信封、紙袋

應用詞

편지봉투 （便紙封套）
pyo*n.ji.bong.tu 信封
월급봉투 （月給封套）
wol.geup.bong.tu 薪水袋

應用句

종이봉투 하나 주시겠어요 ?
jong.i.bong.tu/ha.na/ju.si.ge.sso*.yo
可以給我一個紙袋嗎？

월급봉투에는 얼마나 들었을까 ?
wol.geup.bong.tu.e.neun/o*l.ma.na/
deu.ro*.sseul.ga
薪水袋裡裝有多少錢啊？

ㅂ 開頭詞彙

144

부모
父母

簡易拼音	詞性	中譯
bu.mo	名詞	父母

應用句

부모님이 어떤 일을 하시나요 ?
bu.mo.ni.mi/o*.do*n/i.reul/ha.si.
na.yo
父母親在做什麼樣的工作呢 ?

應用會話

A : 지금 혼자 살아요 ?
ji.geum/hon.ja/sa.ra.yo
你一個人住嗎 ?

B : 아니요 . 부모님과 같이 살아요 .
a.ni.yo//bu.mo.nim.gwa/ga.chi/sa.
ra.yo
不,我跟爸媽一起住。

ㅂ
開頭詞彙

부부
夫婦

簡易拼音	詞性	中譯
bu.bu	名詞	夫妻

應用詞

신혼부부 （新婚夫婦）
sin.hon.bu.bu 新婚夫妻
부부간 （夫婦間）
bu.bu.gan 夫妻之間

應用句

부부간의 대화는 매우 중요합니다 .
bu.bu.ga.nui/de*.hwa.neun/me*.u/
jung.yo.ham.ni.da
夫妻之間的對話很重要。

우리는 부부가 아닙니다 .
u.ri.neun/bu.bu.ga/a.nim.ni.da
我們不是夫妻。

ㅂ
開頭詞彙

부자
富者

簡易拼音	詞性	中譯
bu.ja	名詞	有錢人

應用句

나도 부자가 되고 싶다 .
na.do/bu.ja.ga/dwe.go/sip.da
我也想當有錢人。

應用會話

A : 이백만원 좀 빌려 줘 .
i.be*ng.ma.nwon/jom/bil.lyo*/jwo
請借我兩百萬韓圜。

B : 내가 부자가 아니거든 . 그렇게 큰
돈 어디에 있어 ?
ne*.ga/bu.ja.ga/a.ni.go*.deun//geu.
ro*.ke/keun/don/o*.di.e/i.sso*
我不是有錢人好嗎？哪有那麼多錢。

ㅂ
開頭詞彙

147

부탁하다
付託 --

簡易拼音	詞性	中譯
bu.ta.ka.da	動詞	拜託、委託

應用句

앞으로 잘 부탁합니다 .
a.peu.ro/jal/bu.ta.kam.ni.da
以後就拜託您了。

應用會話

A : 부탁할 게 있는데 좀 들어 줄래 ?
bu.ta.kal/ge/in.neun.de/jom/deu.
ro*/jul.le*
我有事想拜託你，你願意聽聽嗎 ?

B : 뭔데 ?
mwon.de
什麼事 ?

분
分

簡易拼音	詞性	中譯
bun	量詞	分、分鐘

應用句

내 시계는 오분 늦어요 .
ne*/si.gye.neun/o.bun/neu.jo*.yo
我的手錶慢五分鐘。

십분 후에 회의를 시작하겠습니다 .
sip.bun/hu.e/hwe.ui.reul/ssi.ja.ka.
get.sseum.ni.da
十分鐘後開始開會。

應用會話

A : 수업이 언제 끝나요 ?
su.o*.bi/o*n.je/geun.na.yo
什麼時候下課？

B : 오후 3 시 50 분에 끝나요 .
o.hu/se.si/o.sip.bu.ne/geun.na.yo
下午三點五十分下課。

ㅂ 開頭詞彙

분식
粉食

簡易拼音	詞性	中譯
bun.sik	名詞	麵食

應用句

분식집에 갈까요?
bun.sik.jji.be/gal.ga.yo
我們去小吃店好嗎?

應用會話

A : 저녁에 뭘 먹었어요?
jo*.nyo*.ge/mwol/mo*.go*.sso*.yo
你晚上吃了什麼?

B : 동료들과 분식집에서 떡볶이랑
만두를 먹었어요.
dong.nyo.deul.gwa/bun.sik.jji.be.so*/
do*k.bo.gi.rang/man.du.reul/mo*.go*.
sso*.yo
我跟同事們一起在小吃店吃了辣炒年糕和
水餃。

ㅂ
開頭詞彙

분홍색
粉紅色

簡易拼音	詞性	中譯
bun.hong.se*k	名詞	粉紅色

應用會話

A : 이 가방은 다른 색도 있습니까 ?
i/ga.bang.eun/da.reun/se*k.do/
it.sseum.ni.ga
這個包包有其他顏色嗎 ?

B : 네 , 빨간색 , 검은색 , 분홍색도
있습니다 .
ne//bal.gan.se*k//go*.meun.se*k//
bun.hong.se*k.do/it.sseum.ni.da
有 , 有紅色、黑色和粉紅色。

A : 그럼 분홍색으로 주세요 .
geu.ro*m/bun.hong.se*.geu.ro/ju.se.
yo
那請給我粉紅色的。

ㅂ
開頭詞彙

151

불편하다
不便 --

簡易拼音	詞性	中譯
bul.pyo*n.ha.da	形容詞	不方便、不舒服

應用句

교통이 매우 불편해요 .
gyo.tong.i/me*.u/bul.pyo*n.he*.yo
交通很不方便。

엄마 다리가 많이 불편해요 .
o*m.ma/da.ri.ga/ma.ni/bul.pyo*n.he*.yo
媽媽的腿很不舒服。

하드렌즈를 끼면 눈이 조금 불편해 .
ha.deu.ren.jeu.reul/gi.myo*n/nu.ni/jo.geum/bul.pyo*n.he*.
戴硬式隱形眼鏡，眼睛會有點不適。

ㅂ
開頭詞彙

비밀
秘密

簡易拼音	詞性	中譯
bi.mil	名詞	秘密

應用詞

비밀번호 （祕密番號）
bi.mil.bo*n.ho 密碼

應用會話

A : 어제 누구랑 같이 식사했어요 ?
o*.je/nu.gu.rang/ga.chi/sik.ssa.he*.
sso*.yo
你昨天跟誰一起用餐啊 ?

B : 그렇게 궁금해 ? 그건 비밀이야 .
geu.ro*.ke/gung.geum.he*//geu.go*n/
bi.mi.ri.ya
你就那麼好奇 ? 那是秘密。

A : 그러지 말고 말해 줘요 .
geu.ro*.ji/mal.go/mal.he*/jwo.yo
別那樣嘛，告訴我啦。

ㅂ 開頭詞彙

비서
秘書

簡易拼音	詞性	中譯
bi.so*	名詞	秘書

應用詞

비서실 （祕書室）
bi.so*.sil 秘書室

應用會話

A：이걸 김 비서님한테 좀 전해
주세요.
i.go*l/gim/bi.so*.nim.han.te/jom/
jo*n.he*/ju.se.yo
這個請幫我交給金祕書。

B：김 비서님은 지금 회사에 안
계세요. 내일 전해 줘도 돼요?
gim/bi.so*.ni.meun/ji.geum/hwe.sa.
e/an/gye.se.yo/ne*.il/jo*n.he*/jwo.
do/dwe*.yo
金祕書現在不在公司，我明天再給他
可以嗎？

ㅂ
開頭詞彙

비행기
飛行機

簡易拼音	詞性	中譯
bi.he*ng.gi	名詞	飛機

應用詞

비행기표 （飛行機票）
bi.he*ng.gi.pyo 飛機票

應用會話

A : 나 내일 한국으로 떠나요 .
na/ne*.il/han.gu.geu.ro/do*.na.yo
我明天要去韓國了。

B : 몇 시 비행기예요 ?
myo*t/si/bi.he*ng.gi.ye.yo
是幾點的飛機？

ㅂ 開頭詞彙

用漢字
背韓語單字

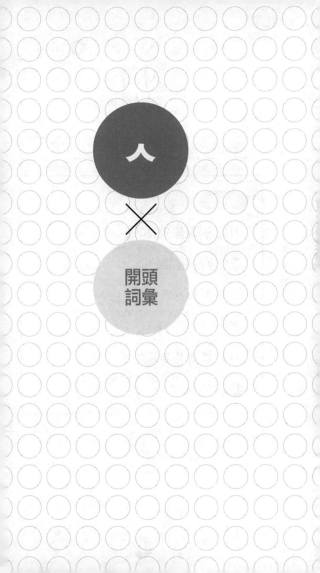

人 × 開頭詞彙

사과
沙果

簡易拼音	詞性	中譯
sa.gwa	名詞	蘋果

應用句

사과 두 개를 먹었어요 .
sa.gwa/du/ge*.reul/mo*.go*.sso*.yo
我吃了兩顆蘋果。

사과 한 박스에 얼마예요 ?
sa.gwa/han/bak.sseu.e/o*l.ma.ye.yo
蘋果一箱多少錢？

사과 좀 깎아 주세요 .
sa.gwa/jom/ga.ga/ju.se.yo
請幫我削蘋果。

ㅅ
開頭詞彙

사과하다
謝過 --

簡易拼音	詞性	中譯
sa.gwa.ha.da	動詞	道歉

應用詞

사과문 （謝過文）
sa.gwa.mun 致歉書

應用句

사과하겠습니다 .
sa.gwa.ha.get.sseum.ni.da
我向您道歉。

동생이 내 일기장을 봤는데 사과 안
해요 .
dong.se*ng.i/ne*/il.gi.jang.eul/bwan.
neun.de/sa.gwa/an/he*.yo
弟弟看了我的日記本卻不道歉。

먼저 사과하세요 .
mo*n.jo*/sa.gwa.ha.se.yo
請你先道歉。

사무실
事務室

簡易拼音	詞性	中譯
sa.mu.sil	名詞	辦公室

應用句

사무실에 아무도 없었습니다 .
sa.mu.si.re/a.mu.do/o*p.sso*t.sseum.
ni.da
辦公室一個人也沒有。

應用會話

A : 박 부장님을 찾으러 왔는데요 .
bak/bu.jang.ni.meul/cha.jeu.ro*/
wan.neun.de.yo
我是來找朴部長的。

B : 박 부장님은 사무실에 계세요 .
가 보세요 .
bak/bu.jang.ni.meun/sa.mu.si.re/
gye.se.yo//ga/bo.se.yo
朴部長在辦公室，去看看吧。

ㅅ
開頭詞彙

사업
事業

簡易拼音	詞性	中譯
sa.o*p	名詞	事業

應用詞

사업가 （事業家）
sa.o*p.ga 生意人
사업자금 （事業資金）
sa.o*p.jja.geum 事業資金

應用句

아저씨는 서울에서 사업을 하세요 .
a.jo*.ssi.neun/so*.u.re.so*/sa.o*.
beul/ha.se.yo
大叔在首爾做生意。

그 사람이 사업을 실패해서 시골로
이사 갔어요 .
geu/sa.ra.mi/sa.o*.beul/ssil.pe*.he*.
so*/si.gol.lo/i.sa/ga.sso*.yo
他事業失敗之後就搬到鄉下去了。

人
開頭詞彙

사용하다
使用 --

簡易拼音	詞性	中譯
sa.yong.ha.da	動詞	使用

應用詞

사용법 （使用法）
sa.yong.bo*p 使用法
사용금지 （使用禁止）
sa.yong.geum.ji 禁止使用
사용료 （使用料）
sa.yong.nyo 使用費用

應用句

이 컴퓨터 잠시 사용해도 되나요？
i/ko*m.pyu.to*/jam.si/sa.yong.he*.
do/dwe.na.yo
我可以使用一下這台電腦嗎？

이 기계를 사용할 줄 몰라요 .
i/gi.gye.reul/ssa.yong.hal/jjul/mol.la.
yo
我不會使用這台機器。

ㅅ
開頭詞彙

사장
社長

簡易拼音	詞性	中譯
sa.jang	名詞	社長、老闆

應用句

사장님이 지금 회의 중이십니다 .
sa.jang.ni.mi/ji.geum/hwe.ui/jung.i.
sim.ni.da
社長現在正在開會。

應用會話

A : 사장님께 보고 드릴 게 있습니다 .
sa.jang.nim.ge/bo.go/deu.ril/ge/it.
sseum.ni.da
我有事情跟社長您報告。

B : 말씀하세요 .
mal.sseum.ha.se.yo
請說。

사전
辭典

簡易拼音	詞性	中譯
sa.jo*n	名詞	字典

應用句

영어 사전 좀 빌려 주시겠어요 ?
yo*ng.o*/sa.jo*n/jom/bil.lyo*/ju.si.ge
.sso*.yo
你可以借我一下英文字典嗎 ?

應用會話

A : 이 단어 뜻을 모르겠어요 .
i/da.no*/deu.seul/mo.reu.ge.sso*.yo
我不知道這個單字的意思。

B : 사전을 찾아 봐요 .
sa.jo*.neul/cha.ja/bwa.yo
查字典吧。

ㅅ
開頭詞彙

사진
寫真

簡易拼音	詞性	中譯
sa.jin	名詞	照片

應用詞

사진관　（寫真館）
sa.jin.gwan　照相館
사진기　（寫真機）
sa.jin.gi　相機
가족사진　（家族寫真）
ga.jok.ssa.jin　全家福

應用句

제 취미는 사진 찍기입니다 .
je/chwi.mi.neun/sa.jin/jjik.gi.im.ni.da
我的興趣是拍照。

사진 찍어 주세요 .
sa.jin/jji.go*/ju.se.yo
請幫我拍照。

人
開
頭
詞
彙

사탕
砂糖

簡易拼音	詞性	中譯
sa.tang	名詞	糖果

應用句

엄마 , 사탕을 사 줘요 .
o*m.ma//sa.tang.eul/ssa/jwo.yo
媽，買糖果給我。

아이들이 사탕을 좋아해요 .
a.i.deu.ri/sa.tang.eul/jjo.a.he*.yo
孩子們喜歡吃糖。

應用會話

A : 사탕을 좋아해요 ?
sa.tang.eul/jjo.a.he*.yo
你喜歡糖果嗎？

B : 난 단 걸 안 좋아해요 .
nan/dan/go*l/an/jo.a.he*.yo
我不喜歡甜食。

人
開
頭
詞
彙

산
山

簡易拼音	詞性	中譯
san	名詞	山

應用詞

등산 （登山）
deung.san 登山、爬山
산림 （山林）
sal.lim 山林、森林

應用會話

A：대만에서 제일 높은 산은 무슨
산이에요 ?
de*.ma.ne.so*/je.il/no.peun/sa.neun/
mu.seun/sa.ni.e.yo
台灣最高的山是什麼山 ？

B：옥산이에요 .
ok.ssa.ni.e.yo
是玉山。

人 開頭詞彙

167

산책하다
散策 --

簡易拼音	詞性	中譯
san.che*.ka.da	動詞	散步

應用詞

산책로 （散策路）
san.che*ng.no 散步路

應用句

같이 산책합시다 .
ga.chi/san.che*.kap.ssi.da
一起散步吧。

남친이랑 공원에서 산책했어요 .
nam.chi.ni.rang/gong.wo.ne.so*/san.
che*.ke*.sso*.yo
跟男朋友在公園散步了。

삼촌
三寸

簡易拼音	詞性	中譯
sam.chon	名詞	叔叔

應用詞

외삼촌 （外三寸）
we.sam.chon 舅舅

應用句

우리 삼촌은 외과의사예요 .
u.ri/sam.cho.neun/we.gwa.ui.sa.ye.yo
我叔叔是外科醫生。

주말에 삼촌 집에 갔어요 .
ju.ma.re/sam.chon/ji.be/ga.sso*.yo
週末去了叔叔家。

색
色

簡易拼音	詞性	中譯
se*k	名詞	顏色

應用詞

색상 （色相）
se*k.ssang 顏色、色相

應用句

진한 색이 좋아요 .
jin.han/se*.gi/jo.a.yo
我喜歡深色。

應用會話

A : 이건 무슨 색이에요 ?
i.go*n/mu.seun/se*.gi.e.yo
這是什麼顏色？

B : 초록색이에요 .
cho.rok.sse*.gi.e.yo
是青綠色。

생선
生鮮

簡易拼音	詞性	中譯
se*ng.so*n	名詞	魚、鮮魚

應用句

난 생선을 못 먹어요 .
nan/se*ng.so*.neul/mot/mo*.go*.yo
我不敢吃魚。

應用會話

A : 일식집에 갈까요 ?
il.sik.jji.be/gal.ga.yo
要不要去日式料理店？

B : 좋죠 . 생선회를 먹고 싶어요 .
jo.chyo//se*ng.so*n.hwe.reul/mo*k.
go/si.po*.yo
好啊，我想吃生魚片。

생일
生日

簡易拼音	詞性	中譯
se*ng.il	名詞	生日

應用詞

생신 （生辰）
se*ng.sin 生辰、生日

應用句

할머니 생신이 언제예요 ?
hal.mo*.ni/se*ng.si.ni/o*n.je.ye.yo
奶奶的生日是什麼時候？

오늘은 내 생일이야 .
o.neu.reun/ne*/se*ng.i.ri.ya
今天是我的生日。

人
開頭詞彙

생활
生活

簡易拼音	詞性	中譯
se*ng.hwal	名詞	生活

應用詞

직장생활 （職場生活）
jik.jjang.se*ng.hwal 上班生活

應用會話

A：한국 유학 생활은 재미있었어요？
han.guk/yu.hak/se*ng.hwa.reun/je*.
mi.i.sso*.sso*.yo
韓國留學生活有趣嗎？

B：한국 친구들을 많이 사귀어서
재미있었어요 .
han.guk/chin.gu.deu.reul/ma.ni/sa.
gwi.o*.so*/je*.mi.i.sso*.sso*.yo
交了很多韓國朋友，很有趣。

선물
膳物

簡易拼音	詞性	中譯
so*n.mul	名詞	禮物

應用句

백화점에 가서 선물을 샀어요 .
be*.kwa.jo*.me/ga.so*/so*n.mu.
reul/ssa.sso*.yo
去百貨公司買了禮物。

應用會話

A : 남자친구에게 줄 선물은 뭐가
좋아요 ?
nam.ja.chin.gu.e.ge/jul/so*n.mu.
reun/mwo.ga/jo.a.yo
送男朋友的禮物什麼好呢？

B : 넥타이가 어떠세요 ?
nek.ta.i.ga/o*.do*.se.yo
領帶您覺得如何？

人 開頭詞彙

선배
先輩

簡易拼音	詞性	中譯
so*n.be*	名詞	前輩、學長姊

應用詞

후배 （後輩）
hu.be* 晚輩、學弟妹

應用會話

A：한국어는 누구한테서 배웠어요？
han.gu.go*.neun/nu.gu.han.te.so*/
be*.wo.sso*.yo
韓國語你是跟誰學的？

B：준영 선배한테서 배웠어요.
ju.nyo*ng/so*n.be*.han.te.so*/be*.wo.
sso*.yo
我是跟俊英前輩學的。

선생
先生

簡易拼音	詞性	中譯
so*n.se*ng	名詞	老師

應用句

우리 선생님은 작년에 결혼하셨어요 .
u.ri/so*n.se*ng.ni.meun/jang.nyo*.ne
/gyo*l.hon.ha.syo*.sso*.yo
我的老師去年結婚了。

應用會話

A : 직업이 무엇입니까 ?
ji.go*.bi/mu.o*.sim.ni.ga
您的職業是什麼？

B : 저는 중학교 역사 선생님입니다 .
jo*.neun/jung.hak.gyo/yo*k.ssa/so*n.
se*ng.ni.mim.ni.da
我是國中歷史老師。

人 開頭詞彙

선수
選手

簡易拼音	詞性	中譯
so*n.su	名詞	選手

應用詞

축구선수 （蹴球選手）
chuk.gu.so*n.su 足球選手
수영선수 （水泳選手）
su.yo*ng.so*n.su 游泳選手

應用會話

A：그분이 누구예요？
geu.bu.ni/nu.gu.ye.yo
他是誰？

B：그분은 대한민구 태권도
선수예요 .
geu.bu.neun/de*.han.min.gu/te*.
gwon.do/so*n.su.ye.yo
他是大韓民國的跆拳道選手。

人
開頭詞彙

선택하다
選擇 --

簡易拼音	詞性	中譯
so*n.te*.ka.da	動詞	選擇

應用詞

선택권 （選擇權）
so*n.te*k.gwon 選擇權
선택과목 （選擇科目）
so*n.te*k.gwa.mok 選修課

應用句

이 중에 하나를 선택하세요 .
i/jung.e/ha.na.reul/sso*n.te*.ka.se.yo
請在這之中，選一個吧。

너한테 선택권이 없어 .
no*.han.te/so*n.te*k.gwo.ni/o*p.sso*
你沒有選擇權。

人
開頭詞彙

설명하다
說明 --

簡易拼音	詞性	中譯
so*l.myo*ng.ha.da	動詞	說明

應用詞

설명서 （說明書）
so*l.myo*ng.so* 說明書
설명회 （說明會）
so*l.myo*ng.hwe 說明會

應用句

자세히 설명하세요 .
ja.se.hi/so*l.myo*ng.ha.se.yo
請仔細說明。

한국어로 설명해 봐요 .
han.gu.go*.ro/so*l.myo*ng.he*/bwa.yo
請用韓文說明。

성격
性格

簡易拼音	詞性	中譯
so*ng.gyo*k	名詞	個性

應用句

성격이 좋습니다 .
so*ng.gyo*.gi/jo.sseum.ni.da
個性很好。

성격이 나빠요 .
so*ng.gyo*.gi/na.ba.yo
個性很差。

應用會話

A : 여동생 성격이 어때요 ?
yo*.dong.se*ng/so*ng.gyo*.gi/o*.de*.
yo
你妹妹的個性怎麼樣啊？

B : 내성적이고 차분해요 .
ne*.so*ng.jo*.gi/go/cha.bun.he*.yo
內向又文靜。

人
開頭詞彙

성공하다
成功 --

簡易拼音	詞性	中譯
so*ng.gong.ha.da	動詞	成功

應用句

드디어 성공했다 .
deu.di.o*/so*ng.gong.he*t.da
終於成功了。

應用會話

A : 뭘 위해 건배할까요 ?
mwol/wi.he*/go*n.be*.hal.ga.yo
要為了什麼乾杯呢？

B : 성공을 위해 건배합시다 .
so*ng.gong.eul/wi.he*/go*n.be*.hap.ssi.da
為了成功乾杯吧。

세계
世界

簡易拼音	詞性	中譯
se.gye	名詞	世界

應用詞

전세계 （全世界）
jo*n.se.gye 全世界
세계사 （世界史）
se.gye.sa 世界史

應用會話

A : 세계에서 가장 큰 나라는 뭐예요 ?
se.gye.e.so*/ga.jang/keun/na.ra.
neun/mwo.ye.yo
世界最大的國家是什麼 ?

B : 러시아예요 .
ro*.si.a.ye.yo
是俄羅斯。

세탁기
洗濯機

簡易拼音	詞性	中譯
se.tak.gi	名詞	洗衣機

應用詞

세탁물 （洗濯物）
se.tang.mul 待洗的衣物
세탁소 （洗濯所）
se.tak.sso 洗衣店

應用句

근처에 세탁소가 있어요 ?
geun.cho*.e/se.tak.sso.ga/i.sso*.yo
附近有洗衣店嗎 ?

여기 세탁기도 공짜로 사용할 수
있나요 ?
yo*.gi/se.tak.gi.do/gong.jja.ro/sa.
yong.hal/ssu/in.na.yo
這裡的洗衣機也可以免費使用嗎 ?

ㅅ 開頭詞彙

183

소개하다
紹介 --

簡易拼音	詞性	中譯
so.ge*.ha.da	動詞	介紹

應用句

여자친구를 소개해 줄게요 .
yo*.ja.chin.gu.reul/sso.ge*.he*/jul.ge.
yo
我介紹女朋友給你。

應用會話

A : 먼저 간단한 자기소개를 하세요 .
mo*n.jo*/gan.dan.han/ja.gi.so.ge*.
reul/ha.se.yo
請先做簡單的自我介紹。

B : 네 , 저는 장혜미입니다 . 대만에서
왔습니다 . 앞으로 친하게 지냅시다 .
ne//jo*.neun/jang.hye.mi.im.ni.da//
de*.ma.ne.so*/wat.sseum.ni.da//a.
peu.ro/chin.ha.ge/ji.ne*p.ssi.da
好的，我張惠美。從台灣來的，我們
以後好好相處吧。

人 開頭詞彙

소설
小説

簡易拼音	詞性	中譯
so.so*l	名詞	小説

應用詞

소설가 （小説家）
so.so*l.ga 小説家
연애소설 （戀愛小説）
yo*.ne*.so.so*l 愛情小説

應用句

소설책에 폭 빠졌어요 .
so.so*l.che*.ge/puk/ba.jo*.sso*.yo
我愛上看小説了。

그 소설책은 이년 전에 다 읽었어요 .
geu/so.so*l.che*.geun/i.nyo*n/jo*.ne/
da/il.go*.sso*.yo
那本小説兩年前我就看過了。

소주
燒酒

簡易拼音	詞性	中譯
so.ju	名詞	燒酒

應用詞

소주병 （燒酒瓶）
so.ju.byo*ng 燒酒瓶
소주잔 （燒酒盞）
so.ju.jan 燒酒杯

應用句

소주 한 잔 할까요 ?
so.ju/han/jan/hal.ga.yo
一起去喝杯燒酒好嗎 ?

소주 두 병 주세요 .
so.ju/du/byo*ng/ju.se.yo
請給我兩瓶燒酒。

人
開頭詞彙

186

수술
手術

簡易拼音	詞性	中譯
su.sul	名詞	手術

應用詞

수술실 （手術室）
su.sul.sil 手術室

應用會話

A : 성형 수술 받은 적이 있어요 ?
so*ng.hyo*ng/su.sul/ba.deun/jo*.gi/
i.sso*.yo
你有整型過嗎 ?

B : 성형 수술 받은 적이 없어요 .
so*ng.hyo*ng/su.sul/ba.deun/jo*.gi/
o*p.sso*.yo
我沒有整型過。

수업
授業

簡易拼音	詞性	中譯
su.o*p	名詞	課程

應用句

수업 중에 얘기하지 마세요 .
su.o*p/jung.e/ye*.gi.ha.ji/ma.se.yo
上課中請勿聊天。

應用會話

A : 한국어 수업은 몇 시부터 몇 시까지입니까 ?
han.gu.go*/su.o*.beun/myo*t/si.bu.to*/myo*t/si.ga.ji.im.ni.ga
韓語課是幾點到幾點呢 ?

B : 오후 두 시부터 네 시까지입니다 .
o.hu/du/si.bu.to*/ne/si.ga.ji.im.ni.da
下午兩點到四點。

人 開頭詞彙

188

수영하다
水泳 --

簡易拼音	詞性	中譯
su.yo*ng.ha.da	動詞	游泳

應用詞

수영복 （水泳服）
su.yo*ng.bok 泳衣
수영장 （水泳場）
su.yo*ng.jang 游泳池

應用會話

A：여기서 수영할 수 있어요？
yo*.gi.so*/su.yo*ng.hal/ssu/i.sso*.yo
這裡可以游泳嗎？

B：여기 위험하니까 수영하지 마세요.
yo*.gi/wi.ho*m.ha.ni.ga/su.yo*ng.ha.ji/ma.se.yo
這裡很危險，不要游泳。

수요일
水曜日

簡易拼音	詞性	中譯
su.yo.il	名詞	星期三

應用詞

월요일 （月曜日）
wo.ryo.il　星期一
금요일 （金曜日）
geu.myo.il　星期五
토요일 （土曜日）
to.yo.il　星期六

應用會話

A：수요일 밤에 뭐 했어요 ?
su.yo.il/ba.me/mwo/he*.sso*.yo
星期三晚上你在做什麼 ?

B：친구들이랑 노래방에 갔어요 .
chin.gu.deu.ri.rang/no.re*.bang.e/ga.
sso*.yo
我跟朋友去練歌房了。

ㅅ
開頭詞彙

수첩
手帖

簡易拼音	詞性	中譯
su.cho*p	名詞	手冊、小冊子

應用會話

A : 연락처 좀 알려 주세요.
yo*l.lak.cho*/jom/al.lyo*/ju.se.yo
請告訴我你的連絡方式。

B : 네, 연락처를 적어 드릴게요.
ne//yo*l.lak.cho*.reul/jjo*.go*/deu.ril.ge.yo
好,我寫給你。

A : 이 수첩에 적어 주세요.
i/su.cho*.be/jo*.go*/ju.se.yo
請寫在這本手冊上。

人 開頭詞彙

숙제
宿題

簡易拼音	詞性	中譯
suk.jje	名詞	作業

應用句

수학 숙제는 너무 어려워요 .
su.hak/suk.jje.neun/no*.mu/o*.ryo*.
wo.yo
數學作業太難了。

집에서 숙제도 하고 청소도 했어요 .
ji.be.so*/suk.jje.do/ha.go/cho*ng.so.
do/he*.sso*.yo
在家裡也寫了作業，也打掃了。

숙제 안 해요 .
suk.jje/an/he*.yo
不寫作業。

시간
時間

簡易拼音	詞性	中譯
si.gan	名／量詞	時間、小時

應用詞

근무시간 （勤務時間）
geun.mu.si.gan 上班時間
회의시간 （會議時間）
hwe.ui.si.gan 開會時間

應用句

내일 시간 있어요 ？
ne*.il/si.gan/i.sso*.yo
明天你有時間嗎 ？

매일 도서관에서 두 시간정도 공부를
해요 .
me*.il/do.so*.gwa.ne.so*/du/si.gan.
jo*ng.do/gong.bu.reul/he*.yo
每天都在圖書館念兩個小時的書。

人
開
頭
詞
彙

193

시계
時計

簡易拼音	詞性	中譯
si.gye	名詞	鐘錶

應用詞

석영시계 （石英時計）
so*.gyo*ng.si.gye 石英錶
벽시계 （壁時計）
byo*k.ssi.gye 壁鐘

應用句

시계가 멈췄어요 .
si.gye.ga/mo*m.chwo.sso*.yo
時鐘停了。

시계바늘이 한 시를 가리킨다 .
si.gye.ba.neu.ri/han/si.reul/ga.ri.kin.
da
時鐘指針指向一點。

시내
市內

簡易拼音	詞性	中譯
si.ne*	名詞	市區

應用詞

시내관광 （市內觀光）
si.ne*.gwan.gwang 市區觀光

應用會話

A：시내 구경을 하려고 하는데 같이
갈래？
si.ne*/gu.gyo*ng.eul/ha.ryo*.go/
ha.neun.de/ga.chi/gal.le*
我要去市區逛逛你要一起去嗎？

B：갈래．
gal.le*
我要去。

人
開
頭
詞
彙

시작하다
始作 --

簡易拼音	詞性	中譯
si.ja.ka.da	動詞	開始

應用句

벚꽃이 피기 시작했어요 .
bo*t.go.chi/pi.gi/si.ja.ke*.sso*.yo
櫻花開始盛開了。

應用會話

A : 이제 시작할까요 ?
i.je/si.ja.kal.ga.yo
現在開始好嗎 ?

B : 네 , 시작합시다 .
ne//si.ja.kap.ssi.da
好，現在開始吧。

시장
市場

簡易拼音	詞性	中譯
si.jang	名詞	市場

應用詞

국내시장 （國內市場）
gung.ne*.si.jang 國內市場
외국시장 （外國市場）
we.guk.ssi.jang 國外市場

應用句

아침에 엄마랑 같이 수원에 있는
시장에 갔어요 .
a.chi.me/o*m.ma.rang/ga.chi/su.wo.
ne/in.neun/si.jang.e/ga.sso*.yo
早上跟媽媽一起去了位於水源的市場。

아주머니가 시장에서 해산물을
파세요 .
a.ju.mo*.ni.ga/si.jang.e.so*/he*.san.
mu.reul/pa.se.yo
阿姨在市場賣海產。

ㅅ
開
頭
詞
彙

시험
試驗

簡易拼音	詞性	中譯
si.ho*m	名詞	考試

應用詞

시험지 （試驗紙）
si.ho*m.ji 考卷
시험장 （試驗場）
si.ho*m.jang 考場

應用會話

A : 시험은 잘 봤어요?
si.ho*.meun/jal/bwa.sso*.yo
考試考得好嗎？

B : 공부 안 해서 잘 못 봤어요.
gong.bu/an/he*.so*/jal/mot/bwa.
sso*.yo
沒有讀書，考得不太好。

식당
食堂

簡易拼音	詞性	中譯
sik.dang	名詞	餐館

應用句

백화점 지하 일층에 식당이 있어요 .
be*.kwa.jo*m/ji.ha/il.cheung.e/sik.
dang.i/i.sso*.yo
百貨公司地下一樓有餐館。

應用會話

A : 민정이가 지금 어디야 ?
min.jo*ng.i.ga/ji.geum/o*.di.ya
敏靜現在在哪裡？

B : 민정이는 지금 학생 식당에 있어 .
min.jo*ng.i.neun/ji.geum/hak.sse*
ng/sik.dang.e/i.sso*
敏靜現在在學生餐館。

ㅅ
開
頭
詞
彙

식물
植物

簡易拼音	詞性	中譯
sing.mul	名詞	植物

應用詞

식물원 (植物園)
sing.mu.rwon 植物園
식물학 (植物學)
sing.mul.hak 植物學

應用句

식물에 대한 관심이 없어요 .
sing.mu.re/de*.han/gwan.si.mi/o*p.
sso*.yo
我對植物不感興趣。

식물표본을 만들 수 있어요 .
sing.mul.pyo.bo.neul/man.deul/ssu/
i.sso*.yo
可以製作成植物標本。

식사하다
食事 --

簡易拼音	詞性	中譯
sik.ssa.ha.da	動詞	吃飯、用餐

應用詞

식사비 （食事費）
sik.ssa.bi 伙食費

應用句

같이 식사할까요？
ga.chi/sik.ssa.hal.ga.yo
要不要一起用餐？

應用會話

A：식사하셨어요？
sik.ssa.ha.syo*.sso*.yo
您用餐了嗎？

B：네，방금 먹었어요．
ne//bang.geum/mo*.go*.sso*.yo
剛才吃過了。

人
開頭詞彙

신랑
新郎

簡易拼音	詞性	中譯
sil.lang	名詞	新郎

應用詞

신부 （新婦）
sin.bu 新娘
결혼식 （結婚式）
gyo*l.hon.sik 結婚典禮

應用句

신랑이 제일 멋있어요 .
sil.lang.i/je.il/mo*.si.sso*.yo
新郎最帥。

신부가 사라졌어요 .
sin.bu.ga/sa.ra.jo*.sso*.yo
新娘不見了。

ㅅ
開頭詞彙

신문
新聞

簡易拼音	詞性	中譯
sin.mun	名詞	報紙

應用詞

신문사 （新聞社）
sin.mun.sa 報社
신문기자 （新聞記者）
sin.mun.gi.ja 新聞記者
신문광고 （新聞廣告）
sin.mun.gwang.go 新聞廣告

應用會話

A : 영어 신문을 읽을 줄 알아요?
yo*ng.o*/sin.mu.neul/il.geul/jjul/a.ra
.yo
你會看英文報紙嗎？

B : 네, 읽을 줄 알아요.
ne//il.geul/jjul/a.ra.yo
我會看。

人
開
頭
詞
彙

실례하다
失禮 --

簡易拼音	詞性	中譯
sil.lye.ha.da	動詞	失禮、打擾

應用句

먼저 실례하겠습니다 .
mo*n.jo*/sil.lye.ha.get.sseum.ni.da
我先失陪了。

실례지만 누구세요 ?
sil.lye.ji.man/nu.gu.se.yo
不好意思，請問你是哪位？

應用會話

A : 실례하지만 길을 물어도 돼요 ?
sil.lye.ha.ji.man/gi.reul/mu.ro*.do/
dwe*.yo
不好意思，可以問個路嗎？

B : 네 , 어디로 가시려고요 ?
ne//o*.di.ro/ga.si.ryo*.go.yo
好，您要去哪裡呢？

실수하다
失手 --

簡易拼音	詞性	中譯
sil.su.ha.da	動詞	失誤

應用句

죄송합니다 . 제가 실수했습니다 .
jwe.song.ham.ni.da//je.ga/sil.su.he*
t.sseum.ni.da
對不起，我失誤了。

다시는 실수하지 마 .
da.si.neun/sil.su.ha.ji/ma
不要再失誤了。

나 어제 뭐 실수한 거 있어 ?
na/o*.je/mwo/sil.su.han/go*/i.sso*
我昨天有做什麼錯事嗎？

작은 실수지만 큰 상처가 됩니다 .
ja.geun/sil.su.ji.man/keun/sang.
cho*.ga/dwem.ni.da
雖是小失誤，但會造成大傷口。

실패하다
失敗 --

簡易拼音	詞性	中譯
sil.pe*.ha.da	動詞	失敗

應用詞

실패작 （失敗作）
sil.pe*.jak 失敗作
실패품 （失敗品）
sil.pe*.pum 失敗品

應用句

이번 다이어트도 실패했어요 .
i.bo*n/da.i.o*.teu.do/sil.pe*.he*.sso*.
yo
這次減肥也失敗了。

실패해도 포기하지 말자 .
sil.pe*.he*.do/po.gi.ha.ji/mal.jja
我們就算失敗也不要放棄吧。

人
開
頭
詞
彙

안경
眼鏡

簡易拼音	詞性	中譯
an.gyo*ng	名詞	眼鏡

應用詞

안경점 （眼鏡店）
an.gyo*ng.jo*m 眼鏡行

應用句

나는 안경 안 써요 .
na.neun/an.gyo*ng/an/sso*.yo
我不戴眼鏡。

안경 쓴 남자가 좋아요 .
an.gyo*ng/sseun/nam.ja.ga/jo.a.yo
我喜歡戴眼鏡的男生。

안경테가 부러졌어요 .
an.gyo*ng.te.ga/bu.ro*.jo*.sso*.yo
鏡架斷掉了。

안내하다
案內 --

簡易拼音	詞性	中譯
an.ne*.ha.da	動詞	引導、介紹

應用詞

안내원 (案內員)
an.ne*.won 引導員、接待員
안내소 (案內所)
an.ne*.so 服務站
안내도 (案內圖)
an.ne*.do 引導圖

應用句

제가 안내해 드리겠습니다 .
je.ga/an.ne*.he*/deu.ri.get.sseum.
ni.da
由我來帶您參觀。

방으로 안내해 주세요 .
bang.eu.ro/an.ne*.he*/ju.se.yo
請帶我到房間。

안녕
安寧

簡易拼音	詞性	中譯
an.nyo*ng	名詞	你好、再見

應用句

안녕 , 내일 봐 .
an.nyo*ng//ne*.il/bwa
拜拜，明天見！

안녕 ? 잘 지냈니 ?
an.nyo*ng//jal/jji.ne*n.ni
哈囉？你過得好嗎？

應用會話

A : 안녕하세요 .
an.nyo*ng.ha.se.yo
你好嗎？

B : 네 , 안녕하세요 .
ne//an.nyo*ng.ha.se.yo
很好，你好。

○
開頭詞彙

야구
野球

簡易拼音	詞性	中譯
ya.gu	名詞	棒球

應用詞

야구장 （野球場）
ya.gu.jang 棒球場
야구경기 （野球競技）
ya.gu.gyo*ng.gi 棒球比賽

應用會話

A：평소에 무슨 운동을 해요?
pyo*ng.so.e/mu.seun/un.dong.eul/
he*.yo
你平時會做什麼運動?

B：가끔 친구들이랑 야구를 해요.
ga.geum/chin.gu.deu.ri.rang/ya.gu.
reul/he*.yo
偶爾會跟朋友打棒球。

○ 開頭詞彙

야채
野菜

簡易拼音	詞性	中譯
ya.che*	名詞	蔬菜、青菜

應用詞

야채죽 （野菜粥）
ya.che*.juk 蔬菜粥

應用句

야채 요리가 좋아요 .
ya.che*/yo.ri.ga/jo.a.yo
我喜歡蔬菜料理。

應用會話

A : 우리 야채스프도 시킬까요 ?
u.ri/ya.che*.seu.peu.do/si.kil.ga.yo
我們也點蔬菜湯好嗎 ？

B：좋아요. 야채스프도 시킵시다.
jo.a.yo//ya.che*.seu.peu.do/si.kip.
ssi.da
好啊，也點蔬菜湯吧。

應用會話

A：시장에서 뭘 샀어요?
si.jang.e.so*/mwol/sa.sso*.yo
你在市場買了什麼？

B：야채하고 닭고기를 샀어요.
ya.che*.ha.go/dal.go.gi.reul/ssa.sso*.
yo
我買了蔬菜和雞肉。

○ 開頭詞彙

약

藥

簡易拼音	詞性	中譯
yak	名詞	藥

應用詞

두통약 （頭痛藥）
du.tong.yak 頭痛藥
위장약 （胃腸藥）
wi.jang.yak 胃腸藥
약국 （藥局）
yak.guk 藥局

應用句

약을 안 가져 왔어요.
ya.geul/an/ga.jo*/wa.sso*.yo
我沒帶藥過來。

약 잘못 먹었어?
yak/jal.mot/mo*.go*.sso*
你吃錯藥了嗎?

○ 開頭詞彙

약속
約束

簡易拼音	詞性	中譯
yak.ssok	名詞	約定、約會

應用詞

약속장소 （約束場所）
yak.ssok.jjang.so 約定場所
선약 （先約）
so*.nyak 先約好的約定

應用句

친구와 같이 여행을 가기로
약속했어요 .
chin.gu.wa/ga.chi/yo*.he*ng.eul/ga.
gi.ro/yak.sso.ke*.sso*.yo
已經約好要和朋友一起去旅行了。

약속을 좀 지켜야죠 .
yak.sso.geul/jjom/ji.kyo*.ya.jyo
你該遵守約定。

○ 開頭詞彙

215

應用會話

A：저녁에 시간 있어요 ? 나랑 같이 공연을 볼까요 ?
jo*.nyo*.ge/si.gan/i.sso*.yo//na.rang/
ga.chi/gong.yo*.neul/bol.ga.yo
晚上你有時間嗎 ? 要不要跟我一起去看
表演 ?

B：미안해요 . 저녁에 다른 약속이 있어요 .
mi.an.he*.yo//jo*.nyo*.ge/da.reun/
yak.sso.gi/i.sso*.yo
對不起，晚上我有其他約了。

약혼하다
約婚 --

簡易拼音	詞性	中譯
ya.kon.ha.da	動詞	訂婚

應用詞

약혼식 （約婚式）
ya.kon.sik 訂婚典禮
약혼자 （約婚者）
ya.kon.ja 未婚夫
약혼녀 （約婚女）
ya.kon.nyo* 未婚妻

應用會話

A : 결혼했어요 ?
gyo*l.hon.he*.sso*.yo
你結婚了嗎 ?

B : 아직 결혼 안 했는데 약혼자가
있어요 .
a.jik/gyo*l.hon/an/he*n.neun.de/ya.
kon.ja.ga/i.sso*.yo
我還沒結婚，可是我有未婚夫。

양
羊

簡易拼音	詞性	中譯
yang	名詞	羊

應用詞

양말 （洋襪）
yang.mal 襪子

應用會話

A : 저것은 무슨 동물이야 ?
jo*.go*.seun/mu.seun/dong.mu.ri.ya
那是什麼動物 ?

B : 양이야 .
yang.i.ya
是羊。

A : 양은 온순한 동물같아 .
yang.eun/on.sun.han/dong.mul.ga.ta
羊很像是溫順的動物。

양력
陽曆

簡易拼音	詞性	中譯
yang.nyo*k	名詞	國曆

應用詞

음력 （陰曆）
eum.nyo*k 農曆
양력 （陽曆）
yang.nyo*k 陽曆

應用會話

A：양력 생일은 언제예요？
yang.nyo*k/se*ng.i.reun/o*n.je.ye.yo
你陽曆生日是幾號？

B：내 양력 생일은 5 월 20 일이에요．
ne*/yang.nyo*k/se*ng.i.reun/o.wol/i.
si.bi.ri.e.yo
我陽曆生日是 5 月 20 號。

○ 開頭詞彙

양복
洋服

簡易拼音	詞性	中譯
yang.bok	名詞	西裝

應用詞

한복 （韓服）
han.bok 韓服
정장 （正裝）
jo*ng.jang 正式服裝

應用會話

A : 오빠 오늘 양복 입었네요 .
멋있어요 .
o.ba/o.neul/yang.bok/i.bo*n.ne.yo//
mo*.si.sso*.yo
哥哥你今天穿西裝耶！很帥！

B : 고마워 . 잘 어울려 ?
go.ma.wo//jal/o*.ul.lyo*
謝謝，適合我嗎？

○ 開頭詞彙

여자
女子

簡易拼音	詞性	中譯
yo*.ja	名詞	女生

應用詞

남자 （男子）
nam.ja 男生
여성 （女性）
yo*.so*ng 女性
남성 （男性）
nam.so*ng 男性

應用句

그 여자가 좋아요 .
geu/yo*.ja.ga/jo.a.yo
我喜歡那個女生。

내가 나쁜 여자가 아니에요 .
ne*.ga/na.beun/yo*.ja.ga/a.ni.e.yo
我不是壞女人。

○ 開頭詞彙

221

나는 여자예요.
na.neun/yo*.ja.ye.yo
我是女生

應用會話

A : 그 여자는 누구예요?
geu/yo*.ja.neun/nu.gu.ye.yo
那個女生是誰?

B : 내 여자친구예요.
ne*/yo*.ja.chin.gu.ye.yo
是我女朋友。

○ 開頭詞彙

여행
旅行

簡易拼音	詞性	中譯
yo*.he*ng	名詞	旅行

應用詞

여행사 （旅行社）
yo*.he*ng.sa 旅行社
여행객 （旅行客）
yo*.he*ng.ge*k 旅客

應用會話

A：휴가 때 여행을 가고 싶어요 .
hyu.ga/de*/yo*.he*ng.eul/ga.go/si.po*.yo
休假的時候我想去旅行。

B：어디로 가고 싶어요 ?
o*.di.ro/ga.go/si.po*.yo
你想去哪裡？

A：한국으로요 .
han.gu.geu.ro.yo
去韓國。

○ 開頭詞彙

역
驛

簡易拼音	詞性	中譯
yo*k	名詞	站

應用詞

기차역 （汽車驛）
gi.cha.yo*k 火車站
지하철역 （地下鐵驛）
ji.ha.cho*.ryo*k 地鐵站

應用會話

A：집에서 지하철 역까지 멀어요？
ji.be.so*/ji.ha.cho*l/yo*k.ga.ji/mo*.
ro*.yo
家裡到地鐵站遠嗎？

B：조금 멀어요.
jo.geum/mo*.ro*.yo
有點遠。

연기
演技

簡易拼音	詞性	中譯
yo*n.gi	名詞	演技

應用詞

연기력 （演技力）
yo*n.gi.ryo*k 演技能力

應用句

한국 배우들의 연기가 참 좋아요 .
han.guk/be*.u.deu.rui/yo*n.gi.ga/
cham/jo.a.yo
韓國演員們的演技真好。

그 여배우는 얼굴도 예쁘고 연기력도
뛰어나요 .
geu/yo*.be*.u.neun/o*l.gul.do/ye.
beu.go/yo*n.gi.ryo*k.do/dwi.o*.na.yo
那個女演員長得漂亮，演技也很棒！

연습하다
演習 --

簡易拼音	詞性	中譯
yo*n.seu.pa.da	動詞	練習

應用詞

연습장 （練習場）
yo*n.seup.jjang 練習場
연습곡 （練習曲）
yo*n.seup.gok 練習曲

應用句

주말마다 후배하고 같이 테니스 연습을 해요 .
ju.mal.ma.da/hu.be*.ha.go/ga.chi/te.ni.seu/yo*n.seu.beul/he*.yo
我每個週末都會和後輩一起練習網球。

피아노를 잘 치려면 많이 연습하세요 .
pi.a.no.reul/jjal/chi.ryo*.myo*n/ma.ni/yo*n.seu.pa.se.yo
想把鋼琴彈好，就多練習吧。

○ 開頭詞彙

Track 213

연예
演藝

簡易拼音	詞性	中譯
yo*.nye	名詞	演藝、表演

應用詞

연예인 （演藝人）
yo*.nye.in 藝人
연예계 （演藝界）
yo*.nye.gye 演藝界
배우 （俳優）
be*.u 演員
가수 （歌手）
ga.su 歌手

應用句

연예인들의 사생활이 궁금해요 .
yo*.nye.in.deu.rui/sa.se*ng.hwa.ri/
gung.geum.he*.yo
我很好奇藝人們的私生活。

영원하다
永遠 --

簡易拼音	詞性	中譯
yo*ng.won. ha.da	形容詞	永遠

應用句

우리의 사랑은 영원합니다 .
u.ri.ui/sa.rang.eun/yo*ng.won.ham.
ni.da
我們的愛是永遠的。

나는 너의 영원한 친구야 .
na.neun/no*.ui/yo*ng.won.han/chin.
gu.ya
我是你永遠的朋友。

난 너를 영원히 사랑할 거야 .
nan/no*.reul/yo*ng.won.hi/sa.rang.
hal/go*.ya
我會永遠愛你。

○ 開頭詞彙

영화
映畫

簡易拼音	詞性	中譯
yo*ng.hwa	名詞	電影

應用詞

공포영화 （恐怖映畫）
gong.po.yo*ng.hwa 恐怖片
영화관 （映畫館）
yo*ng.hwa.gwan 電影院
영화계 （映畫界）
yo*ng.hwa.gye 電影界

應用會話

A：토요일에 뭐 할 거야？
to.yo.i.re/mwo/hal/go*.ya
星期六你要做什麼？

B：여자친구하고 영화를 볼 거야．
yo*.ja.chin.gu.ha.go/yo*ng.hwa.reul/
bol/go*.ya
我要跟女朋友一起看電影。

○ 開頭詞彙

예매하다
豫賣 --

簡易拼音	詞性	中譯
ye.me*.ha.da	動詞	預購、訂

應用詞

예매권 （豫賣券）
ye.me*.gwon 預售票
예매처 （豫賣處）
ye.me*.cho* 預售處

應用會話

A：주말에 영화 티켓을 예매하려고
했는데 못했어요 .
ju.ma.re/yo*ng.hwa/ti.ke.seul/ye.me*
.ha.ryo*.go/he*n.neun.de/mo.te*.sso*
.yo
週末本來想預購電影票，但是卻不行。

B：왜요？
we*.yo
為什麼？

A : 신용카드가 없어서요 .
si.nyong.ka.deu.ga/o*p.sso*.so*.yo
因為我沒有信用卡。

應用會話

A : 미술관 입장권을 인터넷으로 미리 예매해 두었어요 .
mi.sul.gwan/ip.jjang.gwo.neul/in.to*.ne.seu.ro/mi.ri/ye.me*.he*/du.o*.sso*.yo
美術館入場券已經事先在網路上預購好了。

B : 그럼 주말에 미술관에 가요 .
geu.ro*m/ju.ma.re/mi.sul.gwa.ne/ga.yo
那我們週末去美術館吧。

○ 開頭詞彙

예습하다
豫習 --

簡易拼音	詞性	中譯
ye.seu.pa.da	動詞	預習

應用詞

복습 （復習）
bok.sseup 複習
연습 （演習）
yo*n.seup 練習

應用句

예습하는 습관을 가지면 성적이 오를
거예요 .
ye.seu.pa.neun/seup.gwa.neul/ga.ji.
myo*n/so*ng.jo*.gi/o.reul/go*.ye.yo
如果有事先預習功課的習慣，成績會
提升的。

수업 전에 예습하세요 .
su.o*p/jo*.ne/ye.seu.pa.se.yo
請你在上課前先預習。

예약하다
豫約 --

簡易拼音	詞性	中譯
ye.ya.ka.da	動詞	預約、訂

應用詞

예약금 （豫約金）
ye.yak.geum 訂金

應用句

여행을 가려면 호텔을 예약하세요.
yo*.he*ng.eul/ga.ryo*.myo*n/ho.te.
reul/ye.ya.ka.se.yo
想去旅行的話，請訂飯店。

비행기표 두 장을 예약해 두었어요.
bi.he*ng.gi.pyo/du/jang.eul/ye.ya.ke*
/du.o*.sso*.yo
我已經訂好了兩張飛機票。

○ 開頭詞彙

오전
午前

簡易拼音	詞性	中譯
o.jo*n	名詞	上午

應用詞

오후 （午後）
o.hu 下午
점심 （點心）
jo*m.sim 中午、午餐

應用句

오전 10 시에 교실로 와요 .
o.jo*n/yo*l.si.e/gyo.sil.lo/wa.yo
請你上午十點來教室。

오후 3 시반에 친구하고 약속이
있어요 .
o.hu/se.si.ba.ne/chin.gu.ha.go/yak.
sso.gi/i.sso*.yo
下午三點半跟朋友有約。

○ 開頭詞彙

외국
外國

簡易拼音	詞性	中譯
we.guk	名詞	外國、國外

應用詞

외국어 （外國語）
we.gu.go* 外語
외국인 （外國人）
we.gu.gin 外國人

應用句

저는 외국인이라서 못 알아듣습니다 .
jo*.neun/we.gu.gi.ni.ra.so*/mot/a.ra.
deut.sseum.ni.da
我是外國人，所以聽不懂。

외국으로 가고 싶어요 . 어디든 다
좋아요 .
we.gu.geu.ro/ga.go/si.po*.yo//o*.di.
deun/da/jo.a.yo
我想去國外，哪裡都好。

외출하다
外出 --

簡易拼音	詞性	中譯
we.chul.ha.da	動詞	外出

應用詞

외출복 （外出服）
we.chul.bok 外出服

應用句

부장님이 외출하셨어요 .
bu.jang.ni.mi/we.chul.ha.syo*.sso*.yo
部長外出了。

외출하기 전에 우산을 챙겨요 .
we.chul.ha.gi/jo*.ne/u.sa.neul/che*
ng.gyo*.yo
外出前，要攜帶雨傘。

○ 開頭詞彙

요금
料金

簡易拼音	詞性	中譯
yo.geum	名詞	費用

應用詞

추가요금 （追加料金）
chu.ga.yo.geum 追加費用
요금표 （料金表）
yo.geum.pyo 價目表、收費表

應用句

버스 요금은 얼마인가요 ？
bo*.seu/yo.geu.meun/o*l.ma.in.ga.yo
公車費用多少錢 ？

동대문까지 요금이 얼마나 나옵니까 ？
dong.de*.mun.ga.ji/yo.geu.mi/o*l.ma.
na/na.om.ni.ga
到東大門大概要多少錢 ？

○ 開頭詞彙

요리
料理

簡易拼音	詞性	中譯
yo.ri	名詞	料理、菜

應用詞

요리사　（料理師）
yo.ri.sa　廚師
요리책　（料理冊）
yo.ri.che*k　食譜

應用會話

A : 한국요리를 좋아해요 ?
일본요리를 좋아해요 ?
han.gu.gyo.ri.reul/jjo.a.he*.yo//il.bo.
nyo.ri.reul/jjo.a.he*.yo
你喜歡韓國料理？還是喜歡日本料理？

B : 저는 매운 음식을 못 먹어서
일본요리가 좋아요 .
jo*.neun/me*.un/eum.si.geul/mot/
mo*.go*.so*//il.bo.nyo.ri.ga/jo.a.yo
因為我不敢吃辣，所以喜歡日本料理。

요일
曜日

簡易拼音	詞性	中譯
yo.il	名詞	星期

應用詞

월요일 （月曜日）
wo.ryo.il 星期一
화요일 （火曜日）
hwa.yo.il 星期二
일요일 （日曜日）
i.ryo.il 星期日

應用句

다음 주 월요일이 며칠인가요 ?
da.eum/ju/wo.ryo.i.ri/myo*.chi.rin.ga
.yo
下個星期一是幾號呢 ?

우롱차
烏龍茶

簡易拼音	詞性	中譯
u.rong.cha	名詞	烏龍茶

應用詞

녹차 （綠茶）
nok.cha 綠茶
홍차 （紅茶）
hong.cha 紅茶
인삼차 （人參茶）
in.sam.cha 人參茶

應用句

우롱차 한 잔 주세요 .
u.rong.cha/han/jan/ju.se.yo
請給我一杯烏龍茶。

우롱차는 대만에서만 생산됩니다 .
u.rong.cha.neun/de*.ma.ne.so*.man/
se*ng.san.dwem.ni.da
烏龍茶只在台灣生產。

우산
雨傘

簡易拼音	詞性	中譯
u.san	名詞	雨傘

應用會話

A：밖에 비가 오네.
ba.ge/bi.ga/o.ne
外面下雨了耶！

B：나 우산을 안 가져 왔는데 어떡하지?
na/u.sa.neul/an/ga.jo*/wan.neun.
de/o*.do*.ka.ji
我沒帶雨傘來耶，怎麼辦？

A：같이 쓰자.
ga.chi/sseu.ja
一起撐吧。

○ 開頭詞彙

241

우유
牛乳

簡易拼音	詞性	中譯
u.yu	名詞	牛奶

應用句

바나나우유가 제일 맛있어요 .
ba.na.na.u.yu/ga/je.il/ma.si.sso*.yo
香蕉牛奶最好喝。

應用會話

A : 마실 것 드릴까요 ?
ma.sil/go*t/deu.ril.ga.yo
要給您喝的嗎？

B : 커피 우유 주세요 .
ko*.pi/u.yu/ju.se.yo
請給我咖啡牛奶。

○ 開頭詞彙

우체국
郵遞局

簡易拼音	詞性	中譯
u.che.guk	名詞	郵局

應用詞

우체통　(郵遞筒)
u.che.tong　郵筒
우체물　(郵遞物)
u.che.mul　郵件
우체부　(郵遞夫)
u.che.bu　郵差

應用句

가장 가까운 우체국이 어디입니까?
ga.jang/ga.ga.un/u.che.gu.gi/o*.di.
im.ni.ga
最近的郵局在哪裡?

누나가 소포를 부치러 우체국에 가요.
nu.na.ga/so.po.reul/bu.chi.ro*/u.
che.gu.ge/ga.yo
姊姊去郵局寄包裹。

우표
郵票

簡易拼音	詞性	中譯
u.pyo	名詞	郵票

應用詞

기념우표 （紀念郵票）
gi.nyo*.mu.pyo 紀念郵票
엽서 （葉書）
yo*p.sso* 明信片

應用句

얼마짜리 우표를 붙여야 합니까 ？
o*l.ma.jja.ri/u.pyo.reul/bu.tyo*.ya/
ham.ni.ga
我要貼多少錢的郵票？

기념 우표를 사고 싶습니다 .
gi.nyo*m/u.pyo.reul/ssa.go/sip.
sseum.ni.da
我想買紀念郵票。

운동하다
運動 --

簡易拼音	詞性	中譯
un.dong. ha.da	動詞	運動

應用詞

운동복 （運動服）
un.dong.bok　運動服
운동가 （運動家）
un.dong.ga　運動家
운동화 （運動靴）
un.dong.hwa　運動鞋
운동장 （運動場）
un.dong.jang　操場、運動場

應用句

저는 매일 운동합니다 .
jo*.neun/me*.il/un.dong.ham.ni.da
我每天運動。

ㅇ
開頭詞彙

운전하다
運轉 --

簡易拼音	詞性	中譯
un.jo*n.ha.da	動詞	開車

應用詞

운전사 （運轉士）
un.jo*n.sa 司機
운전면허 （運轉免許）
un.jo*n.myo*n.ho* 駕照

應用句

운전하실 때는 안전벨트를 꼭 매도록
하세요 .
un.jo*n.ha.sil/de*.neun/an.jo*n.bel.
teu.reul/gok/me*.do.rok/ha.se.yo
開車的時候請務必繫上安全帶。

운전 면허증이 있으세요 ?
un.jo*n/myo*n.ho*.jeung.i/i.sseu.se.
yo
你有駕駛執照嗎 ?

○ 開頭詞彙

월
月

簡易拼音	詞性	中譯
wol	名詞	月

應用詞

월말 （月末）
wol.mal 月底
월초 （月初）
wol.cho 月初

應用句

저는 칠월에 졸업했어요 .
jo*.neun/chi.rwo.re/jo.ro*.pe*.sso*.yo
我是七月畢業的。

유월은 장마철입니다 .
yu.wo.reun/jang.ma.cho*.rim.ni.da
六月是梅雨季。

오늘이 몇 월 며칠이에요 ?
o.neu.ri/myo*.dwol/myo*.chi.ri.e.yo
今天是幾月幾號？

위험하다
危險 --

簡易拼音	詞性	中譯
wi.ho*m.ha.da	形容詞	危險

應用詞

위험표지 （危險標識）
wi.ho*m.pyo.ji 危險標誌

應用句

이 지역이 너무 위험해요 .
i/ji.yo*.gi/no*.mu/wi.ho*m.he*.yo
這個地區太危險了。

위험하니까 혼자 가지 마요 .
wi.ho*m.ha.ni.ga/hon.ja/ga.ji/ma.yo
很危險你不要自己去。

○ 開頭詞彙

유명하다
有名 --

簡易拼音	詞性	中譯
yu.myo*ng.ha.da	形容詞	有名

應用詞

무명 （無名）
mu.myo*ng 無名

應用句

이 그림을 그린 화가는 아주
유명합니다 .
i/geu.ri.meul/geu.rin/hwa.ga.neun/a.
ju/yu.myo*ng.ham.ni.da
畫這幅畫的畫家很有名。

여기의 감자탕이 유명하거든요 .
yo*.gi.ui/gam.ja.tang.i/yu.myo*ng.ha.
go*.deu.nyo
這裡的馬鈴薯豬骨湯很有名喔！

○ 開頭詞彙

유치하다
幼稚 --

簡易拼音	詞性	中譯
yu.chi.ha.da	形容詞	幼稚

應用詞

유치원 （幼稚園）
yu.chi.won　幼稚園
유치원생 （幼稚園生）
yu.chi.won.se*ng　幼稚園學生

應用句

이건 유치한 행동입니다 .
i.go*n/yu.chi.han/he*ng.dong.im.ni.
da
這是幼稚的行為。

동생은 유치원생입니다 .
dong.se*ng.eun/yu.chi.won.se*ng.im.
ni.da
弟弟是幼稚園學生。

○
開頭詞彙

유학하다
留學 --

簡易拼音	詞性	中譯
yu.ha.ka.da	動詞	留學

應用詞

유학생 （留學生）
yu.hak.sse*ng 留學生

應用句

유학한 적이 있습니까 ?
yu.ha.kan/jo*.gi/it.sseum.ni.ga
你曾經留學過嗎 ?

저는 한국에서 온 유학생입니다 .
jo*.neun/han.gu.ge.so*/on/yu.hak.
sse*ng.im.ni.da
我是從韓國來的留學生。

은행
銀行

簡易拼音	詞性	中譯
eun.he*ng	名詞	銀行

應用詞

은행원 （銀行員）
eun.he*ng.won 銀行職員

應用句

은행 옆에 관광 안내소가 있습니다 .
eun.he*ng/yo*.pe/gwan.gwang/an.
ne*.so.ga/it.sseum.ni.da
銀行旁邊有觀光服務台。

저희 은행 통장을 가져 오셨습니까 ?
jo*.hi/eun.he*ng/tong.jang.eul/ga.
jo*/o.syo*t.sseum.ni.ga
您有帶我們銀行的存款簿嗎 ?

음료수
飲料水

簡易拼音	詞性	中譯
eum.nyo.su	名詞	飲料

應用詞

음료자판기 (飲料自販機)
eum.nyo.ja.pan.gi 飲料自動販賣機
탄산음료 (炭酸飲料)
tan.sa.neum.nyo 碳酸飲料

應用會話

A : 무슨 음료수를 원하십니까?
mu.seun/eum.nyo.su.reul/won.ha.
sim.ni.ga
您要喝什麼飲料呢？

B : 홍차로 주세요.
hong.cha.ro/ju.se.yo
請給我紅茶。

○ 開頭詞彙

음식
飲食

簡易拼音	詞性	中譯
eum.sik	名詞	飲食、食物

應用詞

음식점 （飲食店）
eum.sik.jjo*m 餐館

應用句

음식이 너무 매워요 .
eum.si.gi/no*.mu/me*.wo.yo
食物太辣了。

음식을 더 시키려고 합니다 .
eum.si.geul/do*/si.ki.ryo*.go/ham.ni.
da
我想再點菜。

음악
音樂

簡易拼音	詞性	中譯
eu.mak	名詞	音樂

應用詞

음악가 （音樂家）
eu.mak.ga 音樂家
음악회 （音樂會）
eu.ma.kwe 音樂會

應用會話

A：어떤 음악을 좋아합니까？
o*.do*n/eu.ma.geul/jjo.a.ham.ni.ga
你喜歡什麼音樂？

B：저는 고전 음악을 좋아합니다．
jo*.neun/go.jo*n/eu.ma.geul/jjo.a.
ham.ni.da
我喜歡古典音樂。

○
開頭詞彙

이모
姨母

簡易拼音	詞性	中譯
i.mo	名詞	阿姨

應用詞

이모부 （姨母夫）
i.mo.bu 姨丈
고모부 （姑母夫）
go.mo.bu 姑丈

應用句

이모 , 칼국수 두 그릇 주세요 .
i.mo//kal.guk.ssu/du/geu.reut/ju.se.yo
阿姨，請給我兩碗刀削麵。

어머니와 이모는 아주 닮았어요 .
o*.mo*.ni.wa/i.mo.neun/a.ju/dal.ma.sso*.yo
媽媽和阿姨很像。

○
開頭詞彙

이사하다
移徙 --

簡易拼音	詞性	中譯
i.sa.ha.da	動詞	搬家

應用句

서울로 이사를 하고 싶습니다 .

so*.ul.lo/i.sa.reul/ha.go/sip.sseum.ni
.da

我想搬家到首爾。

應用會話

A : 이번 주말에 이사할 거예요 .
좀 도와 줄 수 있어요 ?

i.bo*n/ju.ma.re/i.sa.hal/go*.ye.yo//
jom/do.wa/jul/su/i.sso*.yo

這個周末我要搬家，你可以來幫忙嗎？

B : 정말 도와 주고 싶지만 시간이
없습니다 .

jo*ng.mal/do.wa/ju.go/sip.jji.man/si.
ga.ni/o*p.sseum.ni.da

我真的很想去幫忙，但是我沒有時間。

○
開
頭
詞
彙

이용하다
利用 --

簡易拼音	詞性	中譯
i.yong.ha.da	動詞	利用

應用詞

이용도 （利用度）
i.yong.do 利用度
이용료 （利用料）
i.yong.nyo 使用費

應用句

구글 사이트 많이 이용합니다 .
gu.geul/ssa.i.teu/ma.ni/i.yong.ham.
ni.da
我常利用 Google 網站。

택배서비스를 이용하는 게 편해요 .
te*k.be*.so*.bi.seu.reul/i.yong.ha.
neun/ge/pyo*n.he*.yo
利用宅配服務很方便。

○ 開頭詞彙

이유
理由

簡易拼音	詞性	中譯
i.yu	名詞	理由

應用句

운동회가 취소된 이유가 뭐예요?
un.dong.hwe.ga/chwi.so.dwen/i.yu.ga
/mwo.ye.yo
運動會被取消的理由是什麼？

무슨 이유라도 있나요?
mu.seun/i.yu.ra.do/in.na.yo
有什麼理由嗎？

이유를 말해 줘요.
i.yu.reul/mal.he*/jwo.yo
請告訴我理由。

○ 開頭詞彙

이혼하다
離婚 --

簡易拼音	詞性	中譯
i.hon.ha.da	動詞	離婚

應用詞

약혼 （約婚）
ya.kon 訂婚
결혼 （結婚）
gyo*l.hon 結婚
재혼 （再婚）
je*.hon 再婚

應用句

전 이혼을 했어요 .
jo*n/i.ho.neul/he*.sso*.yo
我離婚了。

그럼 , 우리 이혼합시다 !
geu.ro*m/u.ri/i.hon.hap.ssi.da
那我們離婚吧！

인기
人氣

簡易拼音	詞性	中譯
in.gi	名詞	人氣

應用詞

인기투표 （人氣投票）
in.gi.tu.pyo 人氣投票

應用句

이것이 가장 인기 있는 제품입니다 .
i.go*.si/ga.jang/in.gi/in.neun/je.pu.
mim.ni.da
這是最受歡迎的產品。

한국에서 가장 인기있는 관광지는
어디예요 ?
han.gu.ge.so*/ga.jang/in.gi.in.neun/
gwan.gwang.ji.neun/o*.di.ye.yo
韓國最熱門的觀光地在哪 ?

인사하다
人事 --

簡易拼音	詞性	中譯
in.sa.ha.da	動詞	打招呼

應用詞

인사과 （人事課）
in.sa.gwa 人事部門
인사관리 （人事管理）
in.sa.gwal.li 人事管理

應用句

서로 인사하시지요 .
so*.ro/in.sa.ha.si.ji.yo
你們互相認識一下吧！

김 부장님께 인사하러 댁으로
찾아갔어요 .
gim/bu.jang.nim.ge/in.sa.ha.ro*/de*.
geu.ro/cha.ja.ga.sso*.yo
為了問候金部長，去了他家。

○ 開頭詞彙

인삼
人參

簡易拼音	詞性	中譯
in.sam	名詞	人參

應用詞

인삼차 （人參茶）
in.sam.cha 人參茶
홍삼 （紅參）
hong.sam 紅參

應用句

인삼하고 유자차를 사서 부모님께
보냈어요 .
in.sam.ha.go/yu.ja.cha.reul/ssa.
so*/bu.mo.nim.ge/bo.ne*.sso*.yo
買了人參和柚子茶寄去給父母了。

開頭詞彙

일기
日記

簡易拼音	詞性	中譯
il.gi	名詞	日記

應用詞

일기장 （日記帳）
il.gi.jang 日記本

應用句

나는 매일 일기를 써요 .
na.neun/me*.il/il.gi.reul/sso*.yo
我每天都寫日記。

내 일기장을 보지 마 .
ne*/il.gi.jang.eul/bo.ji/ma
不要看我的日記本。

○ 開頭詞彙

일본
日本

簡易拼音	詞性	中譯
il.bon	名詞	日本

應用詞

일본어 （日本語）
il.bo.no* 日本語
일본인 （日本人）
il.bo.nin 日本人

應用句

여기 일본 관광객도 많군요 .
yo*.gi/il.bon/gwan.gwang.ge*k.do/
man.ku.nyo
這裡的日本觀光客也很多呢！

일본어를 못합니다 .
il.bo.no*.reul/mo.tam.ni.da
我不會講日語。

開頭詞彙

일주일
一週日

簡易拼音	詞性	中譯
il.ju.il	名詞	一週

應用詞

일주년 （一週年）
il.ju.nyo*n 一週年

應用句

보고서는 일주일정도 걸립니다 .
bo.go.so*.neun/il.ju.il.jo*ng.do/go*l.
lim.ni.da
報告書要花一週左右的時間。

일주일 안에 일을 완성하세요 .
il.ju.il/a.ne/i.reul/wan.so*ng.ha.se.yo
請你在一週內把工作完成。

○
開頭詞彙

입구
入口

簡易拼音	詞性	中譯
ip.gu	名詞	入口

應用詞

출구 （出口）
chul.gu 出口

應用句

입구가 어디예요 ?
ip.gu.ga/o*.di.ye.yo
請問入口在哪裡 ?

먼저 입구에서 줄을 서세요 .
mo*n.jo*/ip.gu.e.so*/ju.reul/sso*.se.
yo
請你先在入口排隊。

○ 開頭詞彙

입원하다
入院 --

簡易拼音	詞性	中譯
i.bwon.ha.da	動詞	住院

應用詞

입원보험 （入院保險）
i.bwon.bo.ho*m 入院保險
입원료 （入院料）
i.bwol.lyo 住院費
퇴원하다 （退院 --）
twe.won.ha.da 出院

應用句

친구가 발목부상으로 입원했다 .
chin.gu.ga/bal.mok.bu.sang.eu.ro/i.
bwon.he*t.da
朋友因腳踝受傷住院了。

수술 후 얼마나 입원을 해야 하나요 ?
su.sul/hu/o*l.ma.na/i.bwo.neul/he*.
ya/ha.na.yo
手術後需要住院多久呢？

○ 開頭詞彙

268

입학하다
入學 --

簡易拼音	詞性	中譯
i.pa.ka.da	動詞	入學

應用詞

입학식 （入學式）
i.pak.ssik 入學典禮
입학생 （入學生）
i.pak.sse*ng 新生

應用句

입학식이 언제입니까 ?
i.pak.ssi.gi/o*n.je.im.ni.ga
入學典禮是什麼時候 ?

대학원에 입학하려고 합니다 .
de*.ha.gwo.ne/i.pa.ka.ryo*.go/ham.ni.
da
我打算進研究所。

○

開頭詞彙

用漢字
背韓語單字

天

×

開頭
詞彙

Track 256

자기
自己

簡易拼音	詞性	中譯
ja.gi	名詞	自己

應用詞

자기소개 （自己紹介）
ja.gi.so.ge* 自我介紹
자신 （自身）
ja.sin 自己

應用句

자기에게 어울리는 헤어스타일은
무엇인가 ?
ja.gi.e.ge/o*.ul.li.neun/he.o*.seu.ta.i.
reun/mu.o*.sin.ga
適合自己的髮型是什麼呢 ?

자기가 좋아하는 일을 하면 돼요 .
ja.gi.ga/jo.a.ha.neun/i.reul/ha.myo*n
/dwe*.yo
做自己喜歡的事情就可以了。

ㅈ
開頭詞彙

자동차
自動車

簡易拼音	詞性	中譯
ja.dong.cha	名詞	汽車

應用詞

차 （車）
cha 車

應用句

자동차를 살 돈이 없습니다 .
ja.dong.cha.reul/ssal/do.ni/o*p.
sseum.ni.da
我沒有買車子的錢。

명품 자동차를 사려면 돈이 많아야
합니다 .
myo*ng.pum/ja.dong.cha.reul/ssa.
ryo*.myo*n/do.ni/ma.na.ya/ham.ni.
da
想買名牌車的話，錢要多才行。

ㅊ
開頭詞彙

자료
資料

簡易拼音	詞性	中譯
ja.ryo	名詞	資料

應用詞

문서 （文書）
mun.so* 文件
재료 （材料）
je*.ryo 材料

應用會話

A：이번 회의 자료 좀 갖다 주세요 .
i.bo*n/hwe.ui/ja.ryo/jom/gat.da/ju.
se.yo
請給我這次的會議資料。

B：네 , 갖다 드리겠습니다 .
ne//gat.da/deu.ri.get.sseum.ni.da
好，我拿給您。

ㅈ
開頭詞彙

작년
昨年

簡易拼音	詞性	中譯
jang.nyo*n	名詞	去年

應用詞

작년도 （昨年度）
jang.nyo*n.do 去年度
내년 （來年）
ne*.nyo*n 明年

應用會話

A：언제 대만에 오셨어요？
o*n.je/de*.ma.ne/o.syo*.sso*.yo
您是什麼時候來台灣的呢？

B：작년 구월말에 왔어요.
jang.nyo*n/gu.wol.ma.re/wa.sso*.yo
我是去年九月底來的。

ㅈ
開頭詞彙

잠깐
暫間

簡易拼音	詞性	中譯
jam.gan	名／副詞	暫時

應用句

잠깐, 방금 뭐랬어요?
jam.gan//bang.geum/mwo.re*.sso*.yo
等一下，你剛才說什麼？

잠깐만 참으세요.
jam.gan.man/cha.meu.se.yo
再忍耐一下。

잠깐만요.
jam.gan.ma.nyo
請稍等。

잠시
暫時

簡易拼音	詞性	中譯
jam.si	名／副詞	暫時

應用句

잠시만 쉬세요 .
jam.si.man/swi.se.yo
暫時休息一下吧。

잠시만 기다려 주세요 .
jam.si.man/gi.da.ryo*/ju.se.yo
請稍等。

잠시 쉬었다 가세요 .
jam.si/swi.o*t.da/ga.se.yo
暫時休息一下再走吧。

ㅈ
開頭詞彙

장갑
掌匣

簡易拼音	詞性	中譯
jang.gap	名詞	手套

應用句

날씨가 추워서 장갑을 꼈어요 .
nal.ssi.ga/chu.wo.so*/jang.ga.beul/
gyo*.sso*.yo
天氣冷，戴了手套。

장갑 한 쪽을 잃어버렸어요 .
jang.gap/han/jjo.geul/i.ro*.bo*.ryo*.
sso*.yo
一邊的手套弄丟了。

가방에 장갑이 있어요 .
ga.bang.e/jang.ga.bi/i.sso*.yo
包包裡有手套。

ㅈ
開頭詞彙

장소
場所

簡易拼音	詞性	中譯
jang.so	名詞	場所

應用詞

공공장소 （公共場所）
gong.gong.jang.so 公共場所

應用句

약속 장소를 변경해도 괜찮겠습니까 ?
yak.ssok/jang.so.reul/byo*n.gyo*ng.
he*.do/gwe*n.chan.ket.sseum.ni.ga
我可以變更約定場所嗎 ？

소개팅 장소는 어디예요 ?
so.ge*.ting/jang.so.neun/o*.di.ye.yo
聯誼場所在哪裡 ？

ㅊ
開
頭
詞
彙

장학금
獎學金

簡易拼音	詞性	中譯
jang.hak.geum	名詞	獎學金

應用詞

장학생 （獎學生）
jang.hak.sse*ng 獎學生
등록금 （登錄金）
deung.nok.geum 註冊費、學費

應用會話

A：장학금을 받으려면 어떻게 해야
해요？
jang.hak.geu.meul/ba.deu.ryo*.myo*n
/o*.do*.ke/he*.ya/he*.yo
想拿獎學金的話，應該怎麼做呢？

B：성적부터 올려야죠．
so*ng.jo*k.bu.to*/ol.lyo*.ya.jyo
要先把成績拉高囉！

ㅈ
開頭詞彙

전부
全部

簡易拼音	詞性	中譯
jo*n.bu	名／副詞	全部、總共

應用句

전부 오만 구천원입니다 .
jo*n.bu/o.man/gu.cho*.nwo.nim.ni.da
總共是五萬九千韓圜。

당신은 나의 전부입니다 .
dang.si.neun/na.ui/jo*n.bu.im.ni.da
你是我的全部。

대학이 인생의 전부는 아니다 .
de*.ha.gi/in.se*ng.ui/jo*n.bu.neun/a.ni.da
大學不是人生的全部。

ㅈ
開頭詞彙

전통
傳統

簡易拼音	詞性	中譯
jo*n.tong	名詞	傳統

應用詞

전통문화 （傳統文化）
jo*n.tong.mun.hwa 傳統文化
전통음식 （傳統飲食）
jo*n.tong.eum.sik 傳統飲食

應用句

한국 전통 혼례를 한 번 구경하고
싶다 .
han.guk/jo*n.tong/hol.lye.reul/han/
bo*n/gu.gyo*ng.ha.go/sip.da
想參觀看看韓國的傳統婚禮。

ㅈ
開頭詞彙

전화
電話

簡易拼音	詞性	中譯
jo*n.hwa	名詞	電話

應用詞

전화기 （電話機）
jo*n.hwa.gi 電話
전화번호 （電話番號）
jo*n.hwa.bo*n.ho 電話號碼
휴대전화 （攜帶電話）
hyu.de*.jo*n.hwa 手機

應用句

전화하신 분은 누구세요 ?
jo*n.hwa.ha.sin/bu.neun/nu.gu.se.yo
打電話來的人是誰 ?

전화번호를 알려 주세요 .
jo*n.hwa.bo*n.ho.reul/al.lyo*/ju.se.yo
請告訴我你的電話號碼。

ㅊ 開頭詞彙

283

점
點

簡易拼音	詞性	中譯
jo*m	名詞	點

應用詞

장점 （長點）
jang.jo*m 優點
단점 （短點）
dan.jo*m 缺點
점수 （點數）
jo*m.su 分數

應用句

좋은 점수를 받아서 기뻐요 .
jo.eun/jo*m.su.reul/ba.da.so*/gi.bo*.
yo
取得好分數，很開心。

점심
點心

簡易拼音	詞性	中譯
jo*m.sim	名詞	中午、午餐

應用句

점심 시간은 한 시간입니다.
jo*m.sim/si.ga.neun/han/si.ga.nim.ni
.da
午餐時間是一個小時。

점심은 아직 못 먹었어요.
jo*m.si.meun/a.jik/mot/mo*.go*.sso*.
yo
午餐我還沒吃。

몇 시에 점심을 먹어요?
myo*t/si.e/jo*m.si.meul/mo*.go*.yo
你幾點吃午餐呢?

ㅈ

開頭詞彙

정류장
停留場

簡易拼音	詞性	中譯
jo*ng.nyu.jang	名詞	公車站

應用句

정류장에서 버스를 기다립니다 .
jo*ng.nyu.jang.e.so*/bo*.seu.reul/gi.da.rim.ni.da
在公車站等公車。

應用會話

A : 우리 어디서 만날까 ?
u.ri/o*.di.so*/man.nal.ga
我們在哪裡見面？

B : 학교 정문 버스정류장에서 만나자 .
hak.gyo/jo*ng.mun/bo*.seu.jo*ng.nyu.jang.e.so*/man.na.ja
我們在學校正門的公車站見面吧。

제일
第一

簡易拼音	詞性	中譯
je.il	副詞	最

應用句

제일 하고 싶은 일이 뭐예요 ?
je.il/ha.go/si.peun/i.ri/mwo.ye.yo
你最想做的事情是什麼 ?

應用會話

A : 제일 사랑하는 사람은 누구예요 ?
je.il/sa.rang.ha.neun/sa.ra.meun/nu.
gu.ye.yo
你最愛的人是誰 ?

B : 제일 사랑하는 사람은 우리
엄마예요 .
je.il/sa.rang.ha.neun/sa.ra.meun/u.
ri/o*m.ma.ye.yo
我最愛的人是我媽媽。

ㅈ
開頭詞彙

졸업하다
卒業 --

簡易拼音	詞性	中譯
jo.ro*.pa.da	動詞	畢業

應用詞

졸업생 （卒業生）
jo.ro*p.sse*ng 畢業生
졸업식 （卒業式）
jo.ro*p.ssik 畢業典禮
졸업장 （卒業狀）
jo.ro*p.jjang 畢業證書

應用句

드디어 졸업장을 받았어요 .
deu.di.o*/jo.ro*p.jjang.eul/ba.da.sso*.yo
我終於拿到畢業證書了。

내년 7 월쯤에 졸업할 거예요 .
ne*.nyo*n/chi.rwol.jjeu.me/jo.ro*.pal/go*.ye.yo
明年七月左右將畢業。

ㅈ 開頭詞彙

종류
種類

簡易拼音	詞性	中譯
jong.nyu	名詞	種類

應用句

종류가 다양합니다 .
jong.nyu.ga/da.yang.ham.ni.da
種類很多樣。

應用會話

A : 다른 종류도 추천해 주세요 .
da.reun/jong.nyu.do/chu.cho*n.he*/
ju.se.yo
也推薦其他種類給我吧。

B : 그럼 이거 어떠세요 ?
geu.ro*m/i.go*/o*.do*.se.yo
那這個怎麼樣呢？

ㅈ
開頭詞彙

주말
週末

簡易拼音	詞性	中譯
ju.mal	名詞	週末

應用句

주말에 친구를 만날 거예요 .
ju.ma.re/chin.gu.reul/man.nal/go*.ye
.yo
週末我要見朋友。

應用會話

A : 저번 주말에 뭐 했어요 ?
jo*.bo*n/ju.ma.re/mwo/he*.sso*.yo
這個週末你在做什麼？

B : 집에서 청소했어요 .
ji.be.so*/cho*ng.so.he*.sso*.yo
在家裡打掃。

주문하다
注文 --

簡易拼音	詞性	中譯
ju.mun.ha.da	動詞	點餐、訂購

應用詞

주문량 （注文量）
ju.mul.lyang 訂貨量
주문서 （注文書）
ju.mun.so* 訂單

應用句

주문하시겠어요 ?
ju.mun.ha.si.ge.sso*.yo
您要點餐嗎 ？

좀 있다가 주문하겠습니다 .
jom/it.da.ga/ju.mun.ha.get.sseum.ni.
da
我待會再點餐。

ㅈ
開頭詞彙

주소
住所

簡易拼音	詞性	中譯
ju.so	名詞	地址

應用詞

거주지 （居住地）
go*.ju.ji 居住地

應用句

이 주소로 가 주세요 .
i/ju.so.ro/ga/ju.se.yo
請載我到這個地址。

친구 집 주소를 알려 주십시오 .
chin.gu/jip/ju.so.reul/al.lyo*/ju.sip.
ssi.o
請告訴我你朋友家的地址。

ㅊ
開
頭
詞
彙

주인
主人

簡易拼音	詞性	中譯
ju.in	名詞	主人

應用詞

주인공 （主人公）
ju.in.gong 主角

應用句

주인이 오셨다 .
ju.i.ni/o.syo*t.da
主人來了。

그 영화 주인공은 누구예요 ?
geu/yo*ng.hwa/ju.in.gong.eun/nu.gu.
ye.yo
那部電影的主角是誰？

주차하다
駐車 --

簡易拼音	詞性	中譯
ju.cha.ha.da	動詞	停車

應用詞

주차장 （駐車場）
ju.cha.jang 停車場
주차료 （駐車料）
ju.cha.ryo 停車費
주차금지 （駐車禁止）
ju.cha.geum.ji 禁止停車

應用句

여기에 주차하지 마세요 .
yo*.gi.e/ju.cha.ha.ji/ma.se.yo
不要在這裡停車。

ㅈ
開頭詞彙

294

준비하다
準備 --

簡易拼音	詞性	中譯
jun.bi.ha.da	動詞	準備

應用詞

준비운동 （準備運動）
jun.bi.un.dong 熱身運動

應用句

저녁이 준비됐습니다 . 여기 앉으세요 .
jo*.nyo*.gi/jun.bi.dwe*t.sseum.ni.da//
yo*.gi/an.jeu.se.yo
晚餐準備好了，請坐這裡。

바로 출발할 테니까 준비하세요 .
ba.ro/chul.bal.hal/te.ni.ga/jun.bi.ha.
se.yo
馬上要出發了，請準備。

중
中

簡易拼音	詞性	中譯
jung	名詞	中

應用詞

중간 （中間）
jung.gan 中間
회의중 （會議中）
hwe.ui.jung 開會中
통화중 （通話中）
tong.hwa.jung 通話中
공사중 （工事中）
gong.sa.jung 施工中

應用句

외할머니가 식사 중이세요 .
we.hal.mo*.ni.ga/sik.ssa/jung.i.se.yo
外婆正在用餐。

ㅈ
開頭詞彙

중국
中國

簡易拼音	詞性	中譯
jung.guk	名詞	中國

應用詞

중국어 （中國語）
jung.gu.go* 中文
중국인 （中國人）
jung.gu.gin 中國人

應用句

중국어를 할 줄 몰라요 .
jung.gu.go*.reul/hal/jjul/mol.la.yo
我不會說中文。

중국어 가이드가 있습니까 ?
jung.gu.go*/ga.i.deu.ga/it.sseum.ni.
ga
有中文導遊嗎 ?

ㅈ
開頭詞彙

중요하다
重要 --

簡易拼音	詞性	中譯
jung.yo.ha.da	形容詞	重要

應用詞

중요성 （重要性）
jung.yo.so*ng 重要性
중요도 （重要度）
jung.yo.do 重要度

應用句

미안하지만 중요한 약속이 있습니다 .
mi.an.ha.ji.man/jung.yo.han/yak.sso.
gi/it.sseum.ni.da
很抱歉，我有很重要的約會。

중요한 물건이 없어졌어요 . 책임
지세요 .
jung.yo.han/mul.go*.ni/o*p.sso*.jo*.
sso*.yo//che*.gim/ji.se.yo
我重要的物品不見了，請你們負責。

중학교
中學校

簡易拼音	詞性	中譯
jung.hak.gyo	名詞	國中

應用詞

중학생 （中學生）
jung.hak.sse*ng 國中生

應用句

중학교 농구장에서 농구를 해요 .
jung.hak.gyo/nong.gu.jang.e.so*/
nong.gu.reul/he*.yo
在國中籃球場打籃球。

저희는 중학생입니다 .
jo*.hi.neun/jung.hak.sse*ng.im.ni.da
我們是國中生。

ㅈ
開
頭
詞
彙

지도
地圖

簡易拼音	詞性	中譯
ji.do	名詞	地圖

應用詞

지도 （指導）
ji.do 指導

應用句

중국어로 된 서울 지도를 한 장
주세요 .
jung.gu.go*.ro/dwen/so*.ul/ji.do.reul/
han/jang/ju.se.yo
請給我一張中文版的首爾地圖。

전국지도 있나요 ?
jo*n.guk.jji.do/in.na.yo
請問有全國地圖嗎？

ㅈ 開頭詞彙

지하
地下

簡易拼音	詞性	中譯
ji.ha	名詞	地下

應用詞

지하도 （地下道）
ji.ha.do 地下道
지하실 （地下室）
ji.ha.sil 地下室
지하상가 （地下商街）
ji.ha.sang.ga 地下街
지하철 （地下鐵）
ji.ha.cho*l 地鐵

應用會話

A：슈퍼마켓이 몇 층에 있습니까？
syu.po*.ma.ke.si/myo*t/cheung.e/it.
sseum.ni.ga
超市在幾樓？

ㅈ

開頭詞彙

B：슈퍼마켓은 지하 이층에
있습니다 .

syu.po*.ma.ke.seun/ji.ha/i.cheung.e/
it.sseum.ni.da

超市在地下二樓。

應用會話

A：길을 건넙시다 .

gi.reul/go*n.no*p.ssi.da

我們過馬路吧。

B：여기서 길을 못 건너요 . 지하도로
내려갑시다 .

yo*.gi.so*/gi.reul/mot/go*n.no*.yo//
ji.ha.do.ro/ne*.ryo*.gap.ssi.da

這裡不能過馬路，我們走地下道吧。

직업
職業

簡易拼音	詞性	中譯
ji.go*p	名詞	職業

應用句

변호사는 좋은 직업이에요 .
byo*n.ho.sa.neun/jo.eun/ji.go*.bi.e.yo
律師是好工作。

應用會話

A : 직업이 무엇입니까 ?
ji.go*.bi/mu.o*.sim.ni.ga
您的職業是？

B : 외교관입니다 .
we.gyo.gwa.nim.ni.da
外交官。

직원
職員

簡易拼音	詞性	中譯
ji.gwon	名詞	職員

應用句

직원이 행복해야 회사가 안 망한다 .
ji.gwo.ni/he*ng.bo.ke*.ya/hwe.sa.ga/
an/mang.han.da
職員幸福公司才不會倒閉。

은행 직원이 매우 친절합니다 .
eun.he*ng/ji.gwo.ni/me*.u/chin.jo*l.
ham.ni.da
銀行職員很親切。

저는 여기 직원입니다 .
jo*.neun/yo*.gi/ji.gwo.nim.ni.da
我是這裡的職員。

질문하다
質問 --

簡易拼音	詞性	中譯
jil.mun.ha.da	動詞	提問

應用詞

질문서 （質問書）
jil.mun.so* 調查表、問卷

應用句

제가 먼저 질문하겠습니다 .
je.ga/mo*n.jo*/jil.mun.ha.get.sseum.
ni.da
我先問問題。

나에게 질문하지 마라 !
na.e.ge/jil.mun.ha.ji/ma.ra
不要問我！

用漢字
背韓語單字

天

×

開頭
詞彙

차

車／茶

簡易拼音	詞性	中譯
cha	名詞	車、茶

應用詞

녹차 （綠茶）
nok.cha　綠茶
홍차 （紅茶）
hong.cha　紅茶
유자차 （柚子茶）
yu.ja.cha　柚子茶
국화차 （菊花茶）
gu.kwa.cha　菊花茶
차창 （車窗）
cha.chang　車窗

應用句

아침에 녹차를 마셨어요 .
a.chi.me/nok.cha.reul/ma.syo*.sso*.
yo
早上喝了綠茶。

참가하다
參加 --

簡易拼音	詞性	中譯
cham.ga.ha.da	動詞	參加

應用詞

참가자 （參加者）
cham.ga.ja 參加者
참가국 （參加國）
cham.ga.guk 參加國家

應用句

이번 마라톤 참가자가 많습니다 .
i.bo*n/ma.ra.ton/cham.ga.ja.ga/man.
sseum.ni.da
這次馬拉松參加者很多。

회의에 별로 참가하고 싶지 않아요 .
hwe.ui.e/byo*l.lo/cham.ga.ha.go/sip.
jji/a.na.yo
我不怎麼想參加會議。

ㅊ
開頭詞彙

Track 292

책
冊

簡易拼音	詞性	中譯
che*k	名詞	書

應用詞

책상 （冊床）
che*k.ssang 書桌

應用句

여행책 하나 사고 싶어요 .
yo*.he*ng.che*k/ha.na/sa.go/si.po*.
yo
我想買一本旅遊書。

책상 위에 필통이 있습니다 .
che*k.ssang/wi.e/pil.tong.i/it.sseum.
ni.da
書桌上有鉛筆盒。

ㅊ
開頭詞彙

청소하다
清掃 --

簡易拼音	詞性	中譯
cho*ng.so.ha.da	動詞	打掃

應用詞

청소기 （清掃機）
cho*ng.so.gi 吸塵器
대청소 （大清掃）
de*.cho*ng.so 大掃除

應用句

집에서 청소기로 청소해요 .
ji.be.so*/cho*ng.so.gi.ro/cho*ng.so.
he*.yo
在家裡用吸塵器打掃。

방 청소 좀 해라 .
bang/cho*ng.so/jom/he*.ra
打掃一下房間吧！

天 開頭詞彙

Track 294

초대하다
招待 --

簡易拼音	詞性	中譯
cho.de*.ha.da	動詞	招待、邀請

應用詞

초대장 （招待狀）
cho.de*.jang 邀請函
초대권 （招待券）
cho.de*.gwon 招待券

應用句

준영 씨하고 민정 씨를 우리 집에
초대했어요 .
ju.nyo*ng/ssi.ha.go/min.jo*ng/ssi.
reul/u.ri/ji.be/cho.de*.he*.sso*.yo
我邀請了俊英和敏靜來我們家了。

선배한테서 초대장을 받았어요 .
so*n.be*.han.te.so*/cho.de*.jang.eul/
ba.da.sso*.yo
從前輩那裡收到邀請函了。

ㅊ
開頭詞彙

312

초등
初等

簡易拼音	詞性	中譯
cho.deung	名詞	初等

應用詞

초등학교 （初等學校）
cho.deung.hak.gyo 小學
초등학생 （初等學生）
cho.deung.hak.sse*ng 小學生
초등교육 （初等教育）
cho.deung.gyo.yuk 初等教育

應用句

저는 초등학교에 다닙니다 .
jo*.neun/cho.deung.hak.gyo.e/da.
nim.ni.da
我就讀小學。

나는 초등학교 선생님이 아니에요 .
na.neun/cho.deung.hak.gyo/so*n.
se*ng.ni.mi/a.ni.e.yo
我不是小學老師。

ㅊ 開頭詞彙

초록색
草綠色

簡易拼音	詞性	中譯
cho.rok.sse*k	名詞	綠色、青綠色

應用會話

A：이 치마는 다른 색도 있나요？
i/chi.ma.neun/da.reun/se*k.do/in.na.yo
這件裙子還有其他顏色嗎？

B：네, 빨간색, 검은색, 갈색, 초록색 등이 있습니다.
ne//bal.gan.se*k//go*.meun.se*k//gal.sse*k//cho.rok.sse*k/deung.i/it.sseum.ni.da
有，有紅色、黑色、褐色、青綠色等。

A：그럼 초록색으로 주세요.
geu.ro*m/cho.rok.sse*.geu.ro/ju.se.yo
那請給我青綠色。

ㅊ
開頭詞彙

축구
蹴球

簡易拼音	詞性	中譯
chuk.gu	名詞	足球

應用詞

축구장 （蹴球場）
chuk.gu.jang 足球場
축구계 （蹴球界）
chuk.gu.gye 足球界

應用會話

A：반친구들이 다 어디에 있어요？
ban.chin.gu.deu.ri/da/o*.di.e/i.sso*.
yo
班上同學都在哪裡？

B：반친구들은 지금 축구장에서
축구를 해요．
ban.chin.gu.deu.reun/ji.geum/chuk.
gu.jang.e.so*/chuk.gu.reul/he*.yo
班上同學現在在足球場踢足球。

축하하다
祝賀 --

簡易拼音	詞性	中譯
chu.ka.ha.da	動詞	恭喜、祝賀

應用詞

축하연 （祝賀宴）
chu.ka.yo*n 慶宴、喜宴
축하객 （祝賀客）
chu.ka.ge*k 嘉賓
축하금 （祝賀金）
chu.ka.geum 禮金

應用句

결혼을 축하합니다 .
gyo*l.ho.neul/chu.ka.ham.ni.da
恭喜你結婚。

졸업을 축하 드려요 .
jo.ro*.beul/chu.ka./deu.ryo*.yo
恭喜你畢業。

출근하다
出勤 --

簡易拼音	詞性	中譯
chul.geun.ha.da	動詞	上班

應用詞

출근율 (出勤率)
chul.geu.nyul 出勤率
퇴근하다 (退勤 --)
twe.geun.ha.da 下班
출퇴근 (出退勤)
chul.twe.geun 上下班

應用句

이번 주말도 출근해요 ?
i.bo*n/ju.mal.do/chul.geun.he*.yo
你這個週末也要上班嗎 ?

출퇴근 시간에 길이 막혀요 .
chul.twe.geun/si.ga.ne/gi.ri/ma.kyo*.yo
上下班時間路上會塞車。

ㅊ
開頭詞彙

출발하다
出發 --

簡易拼音	詞性	中譯
chul.bal.ha.da	動詞	出發

應用詞

출발지 （出發地）
chul.bal.jji 出發地

應用會話

A : 이제 출발할까요 ?
i.je/chul.bal.hal.ga.yo
我們出發好嗎？

B : 좋아요 . 출발합시다 .
jo.a.yo//chul.bal.hap.ssi.da
好啊，我們出發吧。

ㅊ
開頭詞彙

출장하다
出場 --

簡易拼音	詞性	中譯
chul.jang.ha.da	動詞	出差

應用詞

출장비 (出張費)
chul.jang.bi 出差費

應用句

우리 남편이 출장 갔어요 .
u.ri/nam.pyo*.ni/chul.jang/ga.sso*.yo
我老公去出差了。

출장하는 걸 싫어해요 .
chul.jang.ha.neun/go*l/si.ro*.he*.yo
我討厭出差。

ㅊ
開頭詞彙

치과
齒科

簡易拼音	詞性	中譯
chi.gwa	名詞	牙科

應用詞

치약 （齒藥）
chi.yak 牙膏

應用句

이가 아파서 치과에 가요 .
i.ga/a.pa.so*/chi.gwa.e/ga.yo
牙痛去看牙醫。

치과 가는 게 무서워요 .
chi.gwa/ga.neun/ge/mu.so*.wo.yo
我害怕去看牙醫。

친절하다
親切 --

簡易拼音	詞性	中譯
chin.jo*l.ha.da	形容詞	親切

應用詞

친절감 （親切感）
chin.jo*l.gam 親切感

應用會話

A : 대만은 어때요 ?
de*.ma.neun/o*.de*.yo
台灣怎麼樣 ？

B : 대만은 좋아요 . 음식도 맛있고
대만 사람들도 매우 친절해요 .
de*.ma.neun/jo.a.yo//eum.sik.do/ma
.sit.go/de*.man/sa.ram.deul.do/me*.
u/chin.jo*l.he*.yo
台灣很棒，東西也好吃，台灣人也很親
切。

ㅊ

開
頭
詞
彙

친척
親戚

簡易拼音	詞性	中譯
chin.cho*k	名詞	親戚

應用詞

식구 （食口）
sik.gu 家庭人口

應用會話

A：저번 주말에 뭐 했어요?
jo*.bo*n/ju.ma.re/mwo/he*.sso*.yo
上個週末你在做什麼?

B：친척 집에 놀러 갔어요.
chin.cho*k/ji.be/nol.lo*/ga.sso*.yo
去親戚家玩了。

ㅊ
開頭詞彙

322

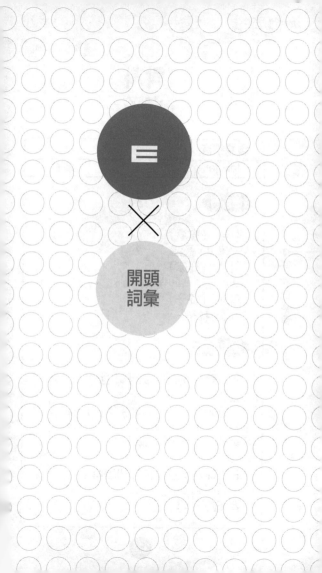

三 × 開頭
詞彙

탁자
桌子

簡易拼音	詞性	中譯
tak.jja	名詞	桌子

應用詞

식탁 （食卓）
sik.tak 餐桌
책상 （冊床）
che*k.ssang 書桌
의자 （椅子）
ui.ja 椅子

應用會話

A：탁자 아래에 고양이 한 마리가
있네 .
tak.jja/a.re*.e/go.yang.i/han/ma.ri.
ga/in.ne
桌子下面有一隻貓咪呢！

B：내가 키운 거야 . 귀엽지 ?
ne*.ga/ki.un/go*.ya//gwi.yo*p.jji
我養的，可愛吧？

태권도
跆拳道

簡易拼音	詞性	中譯
te*.gwon.do	名詞	跆拳道

應用詞

도복 （道服）
do.bok 道服
도장 （道場）
do.jang 道場、練習場

應用句

태권도 도장에 가 봤어요？
te*.gwon.do/do.jang.e/ga/bwa.sso*.yo
你有去過跆拳道道場嗎？

몇 살부터 태권도를 배우기
시작했어요？
myo*t/sal.bu.to*/te*.gwon.do.reul/
be*.u.gi/si.ja.ke*.sso*.yo
你是從幾歲開始學跆拳道的？

ㅌ
開頭詞彙

325

특별하다
特別 --

簡易拼音	詞性	中譯
teuk.byo*l.ha.da	形容詞	特別

應用詞

특별대우 （特別待遇）
teuk.byo*l.de*.u 特別待遇

應用句

당신은 나한테 제일 특별한 사람이야 .
dang.si.neun/na.han.te/je.il/teuk.byo*l.han/sa.ra.mi.ya
對我來說你是最特別的人。

아주 특별한 선물을 받아서 기분이
좋아요 .
a.ju/teuk.byo*l.han/so*n.mu.reul/ba.da.so*/gi.bu.ni/jo.a.yo
收到很特別的禮物，心情很好。

ㅌ 開頭詞彙

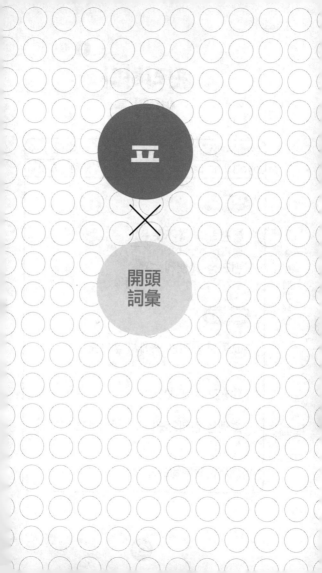

ㄆ

×

開頭
詞彙

편리하다
便利 --

簡易拼音	詞性	中譯
pyo*l.li.ha.da	形容詞	便利、方便

應用詞

불편하다 (不便 --)
bul.pyo*n.ha.da 不方便
편리성 (便利性)
pyo*l.li.so*ng 便利性

應用句

교통이 편리한 곳에서 살아요 .
gyo.tong.i/pyo*l.li.han/go.se.so*/sa.
ra.yo
住在交通便利的地方。

호텔은 편리한 곳에서 위치하고 있다 .
ho.te.reun/pyo*l.li.han/go.se.so*/wi.
chi.ha.go/it.da
飯店位於便利的地方。

ㅍ
開頭詞彙

편의점
便宜店

簡易拼音	詞性	中譯
pyo*.nui.jo*m	名詞	便利商店

應用句

편의점에서 주스하고 과자를 샀어요 .
pyo*.nui.jo*.me.so*/ju.seu.ha.go/gwa.
ja.reul/ssa.sso*.yo
在便利商店買了果汁和餅乾。

應用會話

A : 저기 편의점이 있네 . 가서
음료수나 사자 .
jo*.gi/pyo*.nui.jo*.mi/in.ne//ga.so*/
eum.nyo.su.na/sa.ja
那裡有便利商店呢！我們去買飲料吧。

B : 좋아요 . 목이 너무 말라요 .
jo.a.yo//mo.gi/no*.mu/mal.la.yo
好啊，口好渴。

ㅍ
開頭詞彙

편지
便紙

簡易拼音	詞性	中譯
pyo*n.ji	名詞	信

應用句

편지를 썼어요 .
pyo*n.ji.reul/sso*.sso*.yo
寫了信。

내가 보낸 편지를 받았어요 ?
ne*.ga/bo.ne*n/pyo*n.ji.reul/ba.da.
sso*.yo
你有收到我寄的信嗎？

편지를 보내러 우체국에 가요 .
pyo*n.ji.reul/bo.ne*.ro*/u.che.gu.ge/
ga.yo
去郵局寄信。

ㅍ
開頭詞彙

포도
葡萄

簡易拼音	詞性	中譯
po.do	名詞	葡萄

應用詞

포도주 （葡萄酒）
po.do.ju 葡萄酒
포도즙 （葡萄汁）
po.do.jeup 葡萄汁

應用會話

A : 주스 뭘로 드릴까요 ?
ju.seu/mwol.lo/deu.ril.ga.yo
要給您什麼果汁 ?

B : 포도주스로 주세요 .
po.do.ju.seu.ro/ju.se.yo
請給我葡萄汁。

ㅍ 開頭詞彙

포장하다
包裝 --

簡易拼音	詞性	中譯
po.jang.ha.da	動詞	包裝、打包

應用詞

포장지 （包裝紙）
po.jang.ji 包裝紙

應用句

예쁘게 포장해 주세요 .
ye.beu.ge/po.jang.he*/ju.se.yo
請幫我包漂亮一點。

따로 따로 포장해 줘요 .
da.ro/da.ro/po.jang.he*/jwo.yo
請幫我分開包裝。

피곤하다
疲困 --

簡易拼音	詞性	中譯
pi.gon.ha.da	形容詞	疲勞、疲倦

應用詞

피로 （疲勞）
pi.ro 疲勞

應用會話

A：왜 그래？어디 아파？
we*/geu.re*//o*.di/a.pa
你怎麼了？哪裡不舒服嗎？

B：아니,좀 피곤해서.
a.ni//jom/pi.gon.he*.so*
沒有，有點累而已。

ㅍ
開頭詞彙

피부
皮膚

簡易拼音	詞性	中譯
pi.bu	名詞	皮膚

應用詞

피부과 （皮膚科）
pi.bu.gwa 皮膚科
피부색 （皮膚色）
pi.bu.se*k 皮膚色
피부염 （皮膚炎）
pi.bu.yo*m 皮膚炎

應用句

피부과 좀 갔다올게요 .
pi.bu.gwa/jom/gat.da.ol.ge.yo
我去趟皮膚科。

필요하다
必要 --

簡易拼音	詞性	中譯
pi.ryo.ha.da	形容詞	需要、必要

應用詞

필요조건 （必要條件）
pi.ryo.jo.go*n 必要條件
필요성 （必要性）
pi.ryo.so*ng 必要性

應用句

시간이 필요합니다 .
si.ga.ni/pi.ryo.ham.ni.da
我需要時間。

다른 필요한 거 없어요 ?
da.reun/pi.ryo.han/go*/o*p.sso*.yo
沒有其他需要的嗎？

用漢字
背韓語單字

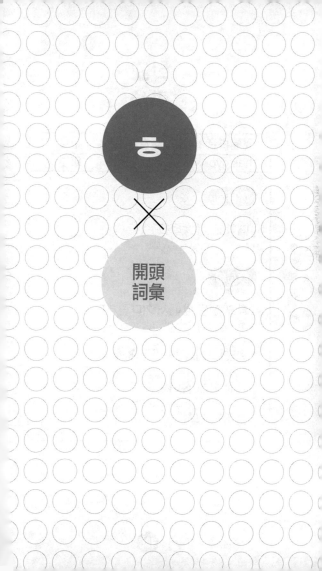

ㅎ

×

開頭
詞彙

학교
學校

簡易拼音	詞性	中譯
hak.gyo	名詞	學校

應用詞

대학교 （大學校）
de*.hak.gyo 大學

應用句

학교 정문 앞에서 기다릴게요 .
hak.gyo/jo*ng.mun/a.pe.so*/gi.da.ril.
ge.yo
我在學校正門前面等你。

학교 가기 싫어요 .
hak.gyo/ga.gi/si.ro*.yo
我不想去學校。

학원
學院

簡易拼音	詞性	中譯
ha.gwon	名詞	補習班

應用句

매일 학원에서 공부하고 집에 가요 .
me*.il/ha.gwo.ne.so*/gong.bu.ha.go/
ji.be/ga.yo
每天在補習班念書之後再回家。

應用會話

A : 한국어는 어디서 배웠어요 ?
han.gu.go*.neun/o*.di.so*/be*.wo.
sso*.yo
你是在哪裡韓語的 ?

B : 학원에서 배웠어요 .
ha.gwo.ne.so*/be*.wo.sso*.yo
我是在補習班學的。

한국
韓國

簡易拼音	詞性	中譯
han.guk	名詞	韓國

應用詞

한국어 （韓國語）
han.gu.go* 韓國語
한국요리 （韓國料理）
han.gung.nyo.ri 韓國菜

應用句

한국 문화 수업을 듣고 싶은데요 .
han.guk/mun.hwa/su.o*.beul/deut.
go/si.peun.de.yo
我想聽韓國文化的課。

한국에 온 것을 환영해요 .
han.gu.ge/on/go*.seul/hwa.nyo*ng.
he*.yo
歡迎你來韓國。

ㅎ

開頭詞彙

한복
韓服

簡易拼音	詞性	中譯
han.bok	名詞	韓服

應用句

한복체험은 무료입니까 ?
han.bok.che.ho*.meun/mu.ryo.im.ni.ga
韓服體驗是免費的嗎 ?

한복을 입어본 적 있으세요 ?
han.bo.geul/i.bo*.bon/jo*k/i.sseu.se.yo
你有穿過韓服嗎 ?

어디서 한복을 입어볼 수 있어요 ?
o*.di.so*/han.bo.geul/i.bo*.bol/su/i.sso*.yo
哪裡可以穿到韓服 ?

ㅎ 開頭詞彙

한자
漢字

簡易拼音	詞性	中譯
han.ja	名詞	漢字

應用詞

한국어 （韓國語）
han.gu.go* 韓國語
중국어 （中國語）
jung.gu.go* 中國語

應用句

한자를 읽을 줄 몰라요 .
han.ja.reul/il.geul/jjul/mol.la.yo
我看不懂漢字。

한자사전을 빌리고 싶은데요 .
han.ja.sa.jo*.neul/bil.li.go/si.peun.de.
yo
我想借漢字字典。

ㅎ
開頭詞彙

할인하다
割引 --

簡易拼音	詞性	中譯
ha.rin.ha.da	動詞	打折

應用詞

할인권 （割引券）
ha.rin.gwon 優惠券
할인기간 （割引期間）
ha.rin.gi.gan 打折期間

應用句

저한테 할인쿠폰 하나 있어요 .
jo*.han.te/ha.rin.ku.pon/ha.na/i.sso*
.yo
我有一張優惠券。

할인기간은 언제까지예요 ?
ha.rin.gi.ga.neun/o*n.je.ga.ji.ye.yo
打折期間到什麼時候？

ㅎ

開頭詞彙

항상
恒常

簡易拼音	詞性	中譯
hang.sang	副詞	經常、總是

應用句

아버님은 항상 바쁘세요?
a.bo*.ni.meun/hang.sang/ba.beu.se.yo
你爸爸經常很忙碌嗎？

그 친구가 항상 성질을 내지만 아주 다정한 사람이에요.
geu/chin.gu.ga/hang.sang/so*ng.ji.reul/ne*.ji.man/a.ju/da.jo*ng.han/sa.ra.mi.e.yo
那位朋友雖常發脾氣，但卻是個多情的人。

그는 항상 잠을 자고 있어요.
geu.neun/hang.sang/ja.meul/jja.go/i.sso*.yo
他經常在睡覺。

ㅎ 開頭詞彙

해산물
海產物

簡易拼音	詞性	中譯
he*.san.mul	名詞	海鮮

應用詞

생선 （生鮮）
se*ng.so*n 鮮魚
해양 （海洋）
he*.yang 海洋

應用會話

A：어디서 살고 싶어요？
o*.di.so*/sal.go/si.po*.yo
你想住在哪裡？

B：나는 해산물을 좋아해서 바다
근처에서 살고 싶어요.
na.neun/he*.san.mu.reul/jjo.a.he*.
so*/ba.da/geun.cho*.e.so*/sal.go/si.
po*.yo
我喜歡吃海鮮，所以想住在海邊附近。

ㅎ
開頭詞彙

▶ Track 324

해외
海外

簡易拼音	詞性	中譯
he*.we	名詞	國外

應用詞

해외시장 （海外市場）
he*.we.si.jang 國外市場
해외여행 （海外旅行）
he*.we.yo*.he*ng 國外旅行

應用會話

A：해외여행을 가고 싶어요 .
he*.we.yo*.he*ng.eul/ga.go/si.po*.yo
我想去國外旅行。

B：나도요 . 일본으로 여행 가고
싶어요 .
na.do.yo//il.bo.neu.ro/yo*.he*ng/ga.
go/si.po*.yo
我也是，我想去日本旅行。

행복하다
幸福

簡易拼音	詞性	中譯
he*ng.bo.ka.da	形容詞	幸福

應用詞

행운 (幸運)
he*ng.un 幸運
복 (福)
bok 福氣

應用句

너무 행복해요 .
no*.mu/he*ng.bo.ke*.yo
好幸福喔！

행복하시길 바랍니다 .
he*ng.bo.ka.si.gil/ba.ram.ni.da
祝你們幸福！

ㅎ 開頭詞彙

國家圖書館出版品預行編目資料

用漢字背韓語單字 / 雅典韓研所企編.
-- 初版 -- 新北市：雅典文化，民103.09
面；　公分. -- (全民學韓語；20)
ISBN 978-986-5753-21-4(平裝附光碟片)

1.韓語 2.詞彙

803.22　　　　　　　　　　　　103015364

全民學韓語系列 20

用漢字背韓語單字

編著／雅典韓研所
責編／呂欣穎
美術編輯／蕭若辰
封面設計／劉逸芹

法律顧問：方圓法律事務所／涂成樞律師

總經銷：永續圖書有限公司
永續圖書線上購物網
www.foreverbooks.com.tw

CVS代理／美璟文化有限公司
TEL：（02）2723-9968
FAX：（02）2723-9668

出版日／2014年9月

雅典文化

出版社　22103　新北市汐止區大同路三段194號9樓之1
TEL　（02）8647-3663
FAX　（02）8647-3660

用漢字背韓語單字

> 雅致風靡 典藏文化

親愛的顧客您好，感謝您購買這本書。即日起，填寫讀者回函卡寄回至本公司，我們每月將抽出一百名回函讀者，寄出精美禮物並享有生日當月購書優惠！想知道更多更即時的消息，歡迎加入 "永續圖書粉絲團" 您也可以選擇傳真、掃描或用本公司準備的免郵回函寄回，謝謝。

傳真電話：（02）8647-3660　　　　電子信箱：yungjiuh@ms45.hinet.net

姓名：		性別：	□男　　□女
出生日期：　　年　　　月　　　日		電話：	
學歷：		職業：	
E-mail：			
地址：□□□			
從何處購買此書：		購買金額：　　　　元	
購買本書動機：□封面 □書名 □排版 □內容 □作者 □偶然衝動			
你對本書的意見： 內容：□滿意□尚可□待改進　　編輯：□滿意□尚可□待改進 封面：□滿意□尚可□待改進　　定價：□滿意□尚可□待改進			
其他建議：			

總經銷：永續圖書有限公司

永續圖書線上購物網
www.foreverbooks.com.tw

您可以使用以下方式將回函寄回。

您的回覆，是我們進步的最大動力，謝謝。

① 使用本公司準備的免郵回函寄回。

② 傳真電話：（02）8647-3660

③ 掃描圖檔寄到電子信箱：

yungjiuh@ms45.hinet.net

沿此線對折後寄回，謝謝。

廣 告 回 信
基隆郵局登記證
基隆廣字第056號

 221-03

雅典文化事業有限公司　收
新北市汐止區大同路三段194號9樓之1

雅致風靡　典藏文化